L'ENVERS DES CORPS

A celui qui comprend, qui pardonne, qui
donne envie d'être meilleur

Sans qui la vie est moins belle, moins généreuse, moins humaine

A qui, s'il m'est permis un jour, je donnerai tout pour toujours

Du Même Auteur :

CODE TATTOO, Roman

OFFRE LOGEMENT CONTRE MENUS SERVICES, 3 volumes, Roman

(Traduit en Anglais sous le titre : **Laura and Mr Solis)**

LA JOLIE VIE DE MELANIE, Roman

DEUXIEME ETAGE, RAYON HOMMES, Roman

LE DERNIER FACTEUR, Roman

C'EST COMME CA, PAPA !, Roman

L'ATELIER DES CŒURS EGARES, Roman

PAGE BLANCHE, Roman

L'AFFAIRE LECLOU, Roman (enquête Leclou 1)

LE SOIGNEUR D'ARBRES, Roman (enquête Leclou 2)

LE CHANT DE LA BAIE, Roman (enquête Leclou 3)

AVANT QU'IL N'EN RESTE RIEN, Roman (enquête Leclou 4)

CEUX DE L'UBAC, Roman (enquête Leclou 5)

OU SCINTILLENT LES ROCHES, Roman (enquête Leclou 6)

FRANCESCA, Roman

UNE FORMULE VRAIMENT MAGIQUE, Roman (enquête Leclou 7)

PREMIERE PARTIE :

La découverte

Samale suivait l'escorteur qui la conduisait à notre arrière arrière arrière grand-mère.

Notre aïeule, Georgia, avait alors cent cinquante-trois ans. Elle était encore très belle, toujours très soignée, coquette et soucieuse de son apparence. Jusqu'au bout du bout des doigts, selon l'expression utilisée par notre mère, notre grand-mère, notre arrière grand-mère, et notre arrière arrière grand-mère le matin même, car toute la famille savait que Samale avait rendez-vous avec Georgia ce soir-là. C'était le deuxième grand évènement de la journée, après son mariage, et si on excluait tout ce qui avait pu se passer dans le reste du monde.

Elle demanda à l'escorteur, un peu inquiète :

— Pensez-vous qu'elle va me reconnaître ?
— Aucun doute. Madame Georgia a une excellente mémoire. Elle tient depuis longtemps une bonne place dans le classement des Anciens du centre, pour la fonction mémoire. Elle se rappelle tous ses descendants, ceux qu'elle a vus récemment comme ceux qu'elle n'a pas vus depuis plusieurs années ou dizaines d'années. Elle connaît parfaitement vos noms, vos âges, et même votre métier. Ce sont les accompagnants du centre qui lui fournissent ces informations. Elle leur demande de récolter des nouvelles des uns et des autres à l'occasion des échanges documentaires périodiques avec l'extérieur.

Et il ajouta, en chuchotant à l'oreille de Samale d'un ton sérieux et concerné :

— En échange, elle nous donne des tuyaux sur les courses de robots qui sont organisées ici. Elle est calée, elle gagne souvent et n'hésite pas à en faire profiter tout le personnel, les gardiens comme les aides-soignants.

— Mais mon visage, comment pourra-t-elle le reconnaître ?

— Votre aïeule insiste pour recevoir chaque année un dessin représentant chacun de ses descendants, qu'elle classe et répertorie précieusement comme elle le ferait pour des œuvres d'art, ou pour des bouchons de bouteille d'oxygène si elle les collectionnait, comme c'est mon cas. Les mairies ayant de multiples occasions de collecter des dessins de tout le monde, elle n'a aucune peine à en obtenir. Vous voyez, elle pense à tout. Elle a votre visage en tête, vous pouvez en être sûre. C'est une personne qui n'aime pas l'improvisation et se prépare longtemps avant les visites, mentalement comme physiquement. La dernière qu'elle a reçue date de près d'une année, d'après ce que j'ai pu voir dans le livre des enregistrements ; un mariage dans votre famille sans doute. C'était un descendant du côté de votre arrière arrière grand-père.

Samale acquiesça.

— Ici, tout le monde apprécie beaucoup Georgia à la fois pour son sens du détail et pour l'attention qu'elle porte aux autres. C'est une personne à l'écoute, et très cultivée. Très exigeante aussi, envers elle-même comme envers les autres, mais personne ne saurait lui en tenir rigueur.

— Pourrais-je lui dire seulement quelques mots ?

— Non, c'est impossible. Vous savez bien qu'on n'approche pas les Anciens, c'est interdit. Je suis désolé.

Samale n'en voulait pas à l'escorteur. Elle connaissait la règle. Les Anciens, de la génération de Georgia, vivaient tous ensemble, à l'écart, dans des sortes de villages gigantesques qui leur étaient réservés et strictement interdits à leurs descendants. On les appelait les centres des Anciens. Tout y était organisé pour qu'ils soient bien traités et soignés, et qu'ils aient accès à des activités variées.

La raison de cet isolement était connue de tous, il s'agissait d'une raison médicale de première importance. Une bactérie mortelle avait en effet affecté la génération de Georgia lorsqu'elle était plus jeune, vers l'année deux mille cent dix. Depuis lors, et malgré toutes les recherches médicales engagées dans le monde entier et des traitements de plus en plus sophistiqués, les Anciens restaient fragiles et potentiellement contagieux, et il était hors de question de faire courir le moindre risque aux populations plus jeunes. D'autant plus que les progrès phénoménaux de la science lors des dernières décennies avaient permis d'allonger de façon significative la durée de vie, et donc le nombre de générations qui cohabitaient.

Entre autres, la bactérie avait touché les cordes vocales et entraîné des difficultés pour les Anciens à s'exprimer par la parole ; ils communiquaient donc entre eux de multiples façons, par gestes, en écrivant, dessinant… Ils n'avaient pas accès à d'autres moyens de communication avec l'extérieur, car le microbe qui les affectait réagissait mal aux ondes et aux flux électroniques. Tout cela ne faisait qu'aggraver les symptômes de la maladie, selon les multiples rapports publiés périodiquement par les instances médicales.

Toutefois, on avait le droit de rendre visite aux Anciens à l'occasion d'évènements dont la liste était bien définie : le mariage, et chaque naissance pour la mère et l'enfant. En dehors de ces évènements jugés fondamentaux dans la vie de chacun, aucune visite n'était autorisée. De leur côté, les Anciens n'avaient pas le droit d'envoyer de lettres, car le risque de faire sortir des bactéries ou des microbes du centre, qui était volontairement éloigné de la ville, devait être réduit à son minimum. Chaque visite était enregistrée et cadrée dans le lieu et dans le temps : dix minutes de face à face dans des salles séparées par une vitre. Et pourtant, chacun savait apprécier ces instants exceptionnels et y restait particulièrement attaché, comme à un fil fragile qui nous reliait avec nos origines. Un fil qui se tendait de plus en plus.

Samale s'était mariée ce jour-là, c'est ainsi qu'elle avait eu le droit de rendre visite à Georgia, qui ne l'avait plus vue depuis sa naissance. Si l'on écoutait notre mère, Samale n'avait pas changé depuis, et moi, Visam, son frère aîné, non plus.

Le moment venu, ma sœur se tenait debout devant la porte épaisse et vitrée qui allait lui permettre de découvrir enfin notre aïeule. Elle avait retiré ses gants blancs et son chapeau magnifique pour que Georgia la voie mieux. Sa belle robe blanche la rendait lumineuse malgré le peu de clarté du lieu. Elle s'en étonna auprès de l'escorteur.

— Pourquoi fait-il si sombre ici ?
— Je ne sais pas. J'ai demandé plusieurs fois de faire changer le système d'éclairage mais on m'a répondu que tous ces bâtiments étant anciens, il est techniquement impossible de modifier quoi que ce soit. J'imagine que de toute façon, cela coûterait beaucoup trop cher. Les

Anciens sont des sages, ils se consolent en disant que cela force à développer l'imagination.

Georgia apparut enfin, gracieuse et d'une démarche sûre en dépit de son âge. Samale retint sa respiration quelques secondes. Elle avait immédiatement reconnu la silhouette longue et élancée de notre parente, car nous avions de nombreux dessins d'elle dans les affaires de notre mère à la maison. Georgia sourit et lui fit un petit signe de salut, comme si elles s'étaient toujours connues et fréquentées, comme si elle faisait partie de sa vie quotidienne. Cela lui réchauffa le cœur.

L'aïeule porta son attention sur la pile de dessins apportés par sa descendante et déposés à son attention sur une table près d'elle par l'escorteur, qui ensuite s'était éclipsé pour les quelques minutes règlementaires. Les dessins représentaient des scènes du mariage de ma sœur, qu'elle voulait partager avec notre aïeule privée de cet évènement. Tout le déroulement de la journée s'y trouvait reproduit, la réception, le vin d'honneur, la mairie, la messe traditionnelle, chaque détail du décor, les tenues des invités et des mariés, les buffets... Comme pour tous les mariages, le schéma était invariable, étape par étape. C'était une cérémonie d'horloger.

Les dessins fournis constituaient un très gros travail, et avaient été réalisés par les dessinateurs officiels de la mairie pour les invités et les proches, en souvenir de la fête. Samale avait rajouté une peinture et quelques collages qu'elle avait réalisés elle-même pour Georgia, et qui représentaient tout ce qu'elle aime dans la vie, en dehors de sa famille bien sûr ; les fleurs, les oiseaux, la mer qu'elle ne connaissait que par des dessins et des récits mais qu'elle rêvait de voir en vrai, et surtout la musique, représentée par des instruments.

Georgia admira les dessins, puis releva la tête en souriant toujours… Et soudain, dans son regard, une expression inattendue retint l'attention de Samale. Une expression décalée, presque déplacée. On aurait dit qu'elle voulait lui dire quelque chose, que les dessins avaient éveillé en elle une émotion forte, ou même qu'elle avait prévu de lui faire passer un message pendant cette si courte visite, et qu'elle se rendait compte subitement qu'il ne lui restait plus beaucoup de temps pour le faire. Mais comment être sûre de son intuition avec ces lumières si faibles… c'était peut-être l'imagination…

La visite touchait à sa fin, et l'escorteur apparut derrière Samale pour lui indiquer que les dix minutes étaient écoulées. Elle savait qu'elle ne reverrait plus Georgia avant longtemps, plusieurs mois au moins mais peut-être même plusieurs années. Celle-ci lui adressa un dernier sourire teinté d'hésitation et Samale, troublée, essaya d'être rassurante en retour dans son geste d'au-revoir. Elle regarda notre aïeule quitter la pièce et, alors qu'elle s'apprêtait à partir de son côté, aperçut une feuille oubliée sur la table. Elle rappela l'escorteur :

— Georgia a oublié un dessin, regardez !
— Tiens, oui. Il reste une feuille sur la table. Eh bien, j'imagine qu'elle ne lui fera pas trop défaut car vous en aviez apporté un grand nombre.

Samale s'apprêta à le suivre, puis elle se reprit.

— Je préfèrerais quand même l'avoir s'il vous plaît. Je tiens beaucoup à ces dessins.

10

— Non, ce n'est pas possible. Aucun document ne doit sortir du centre. Je vous en prie, venez. Si vous voulez, je m'arrangerai pour que votre aïeule récupère cette feuille.

— S'il vous plaît. Vous l'avez dit, Georgia est une personne exigeante et pointilleuse. Elle pourrait être vexée d'apprendre qu'elle a oublié ce dessin ici. Mieux vaut me le rendre.

L'escorteur soupira. Il savait qu'il enfreignait les règles en cédant à la demande de la visiteuse, mais il appréciait aussi Georgia et ne voulait pas décevoir une personne aussi exceptionnelle.

— Je ne sais pas si c'est possible, je vais voir.

Il sortit de la pièce et Samale le vit rentrer quelques minutes après dans celle d'en face. Il avait mis un gant sur sa main droite, une combinaison et un masque intégral sur son visage, et tenait dans sa main gantée une longue pince. Il saisit la feuille avec la pince, sa dextérité dans le geste révélant une grande habitude de l'objet, et ressortit aussitôt. Samale attendit encore quelques minutes et il réapparut avec le dessin qu'il tenait du bout des doigts, lui présentant comme un trophée difficilement gagné.

— Voilà le dessin. J'ai dû le passer dans le désinfecteur plusieurs fois de suite. Avec un tel traitement, il n'y a plus aucun risque. Mais surtout, n'en parlez à personne. Nous ne pouvons pas traiter ainsi tout ce que chacun voudrait faire sortir du centre, ce serait trop laborieux et coûterait trop cher.

Samale prit la feuille, remercia chaleureusement l'escorteur pour sa gentillesse et sa compréhension, et quitta la pièce et le centre avant qu'il ne change d'avis ou qu'un autre ne l'arrête pour une vérification quelconque.

Tout en marchant lentement, pour apprécier encore le souvenir de ce moment avec Georgia, elle regardait le dessin. Il représentait la sortie de la mairie. On y voyait en premier plan la mariée entourée de sa famille, puis en second plan le marié avec la sienne, comme il se doit. Le dessinateur avait reproduit la gaieté de la scène dans les sourires, la luminosité, la décoration florale, les guirlandes…

— Dommage, se dit-elle en s'asseyant, pensive, sur un banc du parc qui bordait les bâtiments côté visiteurs, c'est un beau dessin de souvenir.

Elle devint rêveuse, le dessin la rendait un peu mélancolique. Enveloppée de mousseline blanche et de dentelles fines, son large chapeau couvrant sa tête et son regard, elle se replongea par la pensée quelques jours en arrière…

Nous étions en mai. Samale était un peu jeune pour se marier, du moins de l'avis de nos parents. Elle n'avait pas encore trente-huit ans.

— Samale, tu as le temps, ne sois pas si pressée de fonder une famille. Tu es toujours pressée.

Mais ma sœur considérait au contraire que c'était le bon moment. C'était l'année 2222. Elle était née en 2184 et déjà, tant de choses avaient changé en trente-huit ans. Elle disait que si elle attendait encore pour avoir des enfants, ceux-ci seraient moins faciles à comprendre du fait d'une trop grande différence d'âge. Lorsqu'elle aurait cent ans ou plus, elle ne serait plus du tout en phase avec eux, et ils s'éloigneraient. Elle prenait l'exemple de notre tante, la sœur de maman, qui avait alors cent dix-huit ans et pouvait donc vivre encore plusieurs dizaines d'années. Celle-ci se sentait incomprise par ses enfants, car elle était déjà âgée de soixante et un ans, un peu plus que l'âge moyen d'après les statistiques, lorsqu'elle avait eu le premier. L'écart était trop important, les progrès techniques, les idées, tout était en décalage. Maman nous avait eus à partir de cinquante-deux ans et déjà, nous avions parfois du mal à communiquer. Pour ma part, je partageais tout à fait le point de vue de Samale. J'étais d'ailleurs moi-même marié depuis plusieurs années, et nous envisagions ma femme et moi de procréer dans les années à venir.

Et puis cette journée de mariage était tellement belle, à la fois si douce et si fastueuse. D'ailleurs, on ne pouvait que difficilement s'expliquer comment de tels décors avaient été installés en si peu de temps. Il y avait plus de fleurs qu'il était possible d'imaginer, dans des compositions incroyables. Des fontaines avaient été creusées spécifiquement pour l'occasion et les plus grandes étaient agrémentées de nénuphars, de poules d'eau et même de cygnes et de flamands roses. Les massifs et les arbustes avaient été taillés et l'ensemble ressemblait à un jardin du temps du grand Versailles, du moins de ce que l'on en connaissait par les illustrations que l'on trouvait dans les livres. Tout cela était un cadeau de la Ville. Comme pour tous les mariages, la Ville offrait la décoration. C'était une surprise et l'on ne découvrait le résultat que lorsque tout était prêt. Par-dessus tout, c'était la musique, présente à chaque instant de la cérémonie, qui avait enchanté Samale, comme nous tous. Des musiques classiques ou plus rythmées, variées et adaptées à chaque moment de la fête, comme faisant partie du décor, comme portant le décor à chaque étape, dans un élan d'harmonie. La Ville s'occupait aussi des tenues de cérémonie, et du repas. Robes de princesses des Mille et Une Nuits, buffets aux allures de festin, tout était grandiose. Samale revoyait les images de la fête défiler dans sa tête. « Je crois que mon mari était content lui aussi. Il avait l'air heureux. »

Elle était aux anges et sortait à peine de sa rêverie lorsque, observant la feuille qu'elle tenait toujours dans sa main et la précision du dessin, comme pour mieux matérialiser ses souvenirs, elle distingua soudain une sorte de petite pastille nacrée collée dans le coin inférieur gauche, à peine visible car d'une couleur quasiment identique à celle du papier. Elle essaya de la décoller un peu machinalement, et se rendit compte alors que la pastille était rigide. Elle insista, tira un peu plus fort, et celle-ci céda enfin.

— Qu'est-ce que cela peut être ?

La forme était légèrement incurvée, la face nacrée sur le côté bombé. Cela ne pouvait pas être voulu par le dessinateur car il aurait mis d'autres éléments de collage, or elle n'en voyait pas. Elle s'apprêtait à jeter l'objet dans une poubelle incinératrice, lorsque soudain, elle repensa aux mains fines et soignées de Georgia quelques minutes auparavant, et une idée lui traversa l'esprit.

— On dirait un faux ongle, de ceux que les femmes mettaient il y a longtemps, pour sublimer la beauté des mains.

Elle le posa alors sur le bout de son index, il était trop grand. Elle le plaça sur le bout de son pouce, il se cala parfaitement. C'était bien cela, un faux ongle ! Certainement un ongle de Georgia, qui poussait toujours la coquetterie dans le moindre détail. Ce ne pouvait être que le sien, étant donné les conditions extrêmes de sécurité sanitaire dans lesquelles se déroulaient les visites.

Samale était ravie. Ils ne devaient pas être nombreux, ceux qui avaient réussi à obtenir un souvenir quel qu'il soit d'un Ancien. Un souvenir intime qui plus est. C'était tout simplement un exploit. Elle garderait le secret pour elle, et trouverait une cachette pour ce précieux trésor.

Elle leva la tête et regarda en l'air : une paire d'ailes gracieuses décrivit un mouvement rond plus haut, puis s'éloigna avec légèreté.

C'était bientôt la nuit, et Samale pouvait déjà apercevoir les petites taches lumineuses que formaient les étoiles dans le ciel lointain. C'était un spectacle qu'elle aimait particulièrement admirer à ce moment précis, lorsque le ciel portait encore le bleu du jour. Un de ces « entre-deux », comme elle les affectionnait dans tous les domaines de la vie quotidienne. Un moment enchanté où jour et nuit se superposaient, promesse d'une transition en douceur.

Il fallait cependant rentrer à présent. Elle savait que nous l'attendions tous impatiemment, en espérant de bonnes nouvelles de l'aïeule. Un autre escorteur, spécialement dépêché pour l'emmener au centre des Anciens, l'avait déposée à l'aller, et devait maintenant la ramener chez elle. Il s'impatientait, car d'autres personnes, dont quelques mariées du jour, souhaitaient également être transportées. Ensuite, Samale devait rejoindre son mari pour passer le reste de la soirée avec sa belle-famille, avant de revenir dormir dans l'appartement où nous vivions tous, parents, grands-parents, arrière grands-parents, arrière arrière grands-parents et moi-même, son frère unique. Notre père vivait avec nous parce qu'il avait malheureusement perdu toute sa famille, lors d'un drame ayant touché mortellement quelques années auparavant ses parents et aïeux, frères et sœurs, oncles et tantes. Leur immeuble s'était écroulé à l'occasion d'un glissement de terrain, alors qu'ils dormaient dans l'appartement familial. Une de ces catastrophes qui marquent à tout jamais, tant elles sont violentes et heureusement, rares. Nous n'avions réussi à surmonter notre peine immense que parce que nous étions tous ensemble, unis et soucieux les uns des autres. Par miracle, lui était absent ce jour-là.

Les autres membres de la famille qui vivaient avec nous appartenaient tous à la lignée de notre mère. Les logements, devant accueillir de nombreux membres d'une même famille, étaient généralement immenses et équipés pour des personnes de tous âges. Les villes étaient bâties et structurées de façon à pouvoir intégrer à la verticale, et souvent jusque profondément dans la terre, une quantité toujours plus importante de ces appartements certes spacieux mais optimisés à l'extrême dans leurs volumes et leur architecture. Personne ne vivait en dehors des villes car il aurait été trop coûteux d'y amener tout le confort et les services nécessaires. De toute façon, nous ne sortions pas des villes car rien ne nous y attirait.

Samale arriva chez nous.

— C'est moi, je monte.

Elle préférait, comme nous l'avions toujours fait, prévenir de son arrivée, plutôt qu'utiliser sa clé. Ainsi, lorsqu'elle rentrait dans l'appartement, elle évitait les réactions de surprise ou d'inquiétude, au cas où on ne l'attendrait pas à cette heure-là. Il nous était recommandé en effet d'éviter autant que possible tout ce qui pouvait causer un choc émotionnel, source de dysfonctionnements psychologiques. Ceci constituait une des nombreuses règles de la Norme, que nous respections et défendions.

— Samale, ma chérie, tu as vu Georgia ?
— Accorde-moi juste deux minutes, maman, le temps de me changer. Cette robe est sublime, mais très encombrante ! Vraiment, c'est la dernière fois que je me marie !

L'impatience se mua en rire. Samale déposa avec délicatesse sa robe de mariée sur le lit, et sentit l'émotion la gagner. Sa vie était désormais liée à celle d'un homme, et beaucoup de choses allaient changer. Elle prit soin de ranger le lourd vêtement dans une housse pour le nettoyage. La robe pourrait ensuite rejoindre celles de toutes les femmes de la maison dans la grande penderie à l'étage. Parfois, elles se réunissaient toutes dans cette pièce pour évoquer les souvenirs de mariage de l'une ou de l'autre et se remontrer leur tenue, se raconter les cérémonies… Samale aurait enfin la sienne à raconter, et cela la réjouissait d'avance. C'était d'ailleurs à l'occasion de l'une de ces réunions entre femmes qu'elle avait eu connaissance de l'existence d'accessoires de beauté incroyables utilisés lorsque ses aïeules étaient jeunes, dont les faux ongles à coller sur le bout des doigts, les peintures colorées sur les paupières, les lèvres et les joues, les bijoux qui se placent dans un trou percé dans le lobe de l'oreille ou ailleurs sur le corps, les dessins indélébiles que l'on tatoue avec une encre spéciale sous la peau… autant de choses qui n'étaient plus imaginables à présent.

Pour l'heure, elle enfila rapidement une des jolies combinaisons de sa penderie, qu'elle affectionnait pour leur confort. Celles-ci étaient fabriquées dans l'atelier de notre père, spécialisé dans les vêtements tissés à la main à partir de matériaux organiques de toutes sortes simplement transformés en fils puis tissés. Ma sœur et moi connaissions parfaitement toutes les étapes de la production, notre père ayant tenu très tôt à nous transmettre ce savoir-faire à tous les deux. Comme tous les sites de fabrication, celui-ci fonctionnait à l'énergie éolienne et une grande partie des gestes étaient réalisés sans aucune aide mécanique ni électrique, les pièces étant fabriquées manuellement sur des métiers en bois. Il s'agissait toutefois d'un très grand atelier de fabrication, avec une recherche constante sur les caractéristiques techniques pour optimiser les qualités des tissus. Malgré leur simplicité apparente, les vêtements qui sortaient de cet atelier étaient tous plus magnifiques les uns que les autres, colorés, souples et aussi variés par leurs formes que par le dessin du tissage. C'était toujours un plaisir de les porter, encore pour Samale qui avait fait des études de stylisme et était attentive à sa tenue en toute occasion. Un point qui la rapprochait de Georgia.

Ainsi parée, elle retourna dans le séjour, et s'assit près de notre mère pour nous raconter son entrevue.

— L'escorteur m'a permis de laisser à notre aïeule plusieurs dessins du mariage. Elle avait l'air contente de voir tout cela. Elle était souriante. Elle m'a quand même paru préoccupée à un moment donné mais je pense que c'était une fausse impression de ma part. Elle est si belle, c'est une force de la nature, paraît-il.

Volontairement ma sœur ne parla pas de l'ongle. Elle avait décidé que c'était un secret à garder pour elle seule. Notre mère était rassurée sur la santé de Georgia, elle était heureuse d'avoir des nouvelles et cela lui suffisait.

— Maintenant, si tu nous fais un beau bébé, nous serons sept générations en même temps !

Notre vie s'écoulait paisiblement, le plus sereinement possible d'après les critères de la Norme. Une vie à la limite du répétitif, comme toutes les instances médicales le préconisaient. Plus on est régulier dans sa vie quotidienne ; les repas, les exercices physiques, les activités, les horaires de repos, les loisirs, et plus on est heureux car le corps s'en trouve réglé comme une bonne machine et le mental suit le corps. Une mécanique imparable, un confort pour tous.

Preuve en fut le succès immédiat de la première tentative de procréation artificielle assistée engagée par Samale et son mari peu après leur mariage.

L'établissement de procréation de notre quartier était un des plus importants de la ville. C'était un centre médical équipé des matériels les plus pointus pour répondre aux demandes conséquentes d'insémination artificielle, seul mode de procréation admis. Comme tous les futurs bébés, celui des jeunes mariés serait amené à terme dans un utérus en silicone parmi des centaines d'autres dans des salles hyper-protégées. Ses parents pourraient rendre visite au fœtus autant qu'ils le voudraient pendant les neuf mois de l'incubation. Dès l'annonce de la nouvelle, Samale appela chez son mari.

— J'ai une grande nouvelle. Nous allons avoir un bébé !
— Merveilleux ! C'est fantastique ! Je suis si heureux ! Nous allons organiser un dîner avec nos deux familles pour fêter l'évènement. Ce sera un grand moment !

Une semaine après, les familles, c'est-à-dire une bonne soixantaine de personnes, étaient réunies dans un restaurant réservé pour l'occasion. Nous étions tous excités et heureux pour les futurs parents, et, n'ayant moi-même pas encore d'enfant, j'avais hâte de partager l'expérience avec ma sœur. Elle était rayonnante, et c'était un plaisir de la voir ainsi. Elle voulait vivre chaque minute de la nouvelle vie qui débutait pour elle et pour son futur enfant, le plus pleinement possible.

Elle avait rêvé d'être mère, avait préparé ce projet avec soin, et comptait que ces mois seraient parmi les moments les plus intenses de sa vie.

C'était son mari qui avait organisé le dîner, et il avait voulu que la soirée soit parfaite. Sur un fond musical classique, les plats se succédaient tels les personnages d'une danse ordonnée. Mets de choix, desserts et fruits de toutes sortes, la soirée ne fut que délice et partage. C'était un rêve éveillé, comme le fut toute la période d'incubation du bébé, partagé par ma sœur en complicité affectueuse avec son mari. Je me rendis moi aussi plusieurs fois au centre d'insémination avec eux pour profiter de ces moments d'émotion.

Le temps s'écoulait dans la régularité de la Norme.

Après neuf mois d'enchantement, il fut temps pour le bébé de sortir de son utérus artificiel. Il était beau et comblait ses parents comme nous tous. Dès qu'elle le put, Samale sortit avec lui, le présenta à ses connaissances, lui fit découvrir son environnement, son quartier. Elle aimait être près de lui, le regarder, s'en occuper, reproduire les gestes qu'elle avait vu faire par d'autres avant elle. Elle s'étonnait parfois de ne pas ressentir de dégoût lorsqu'elle le tenait dans ses bras et notre mère lui expliqua que chaque femme réagissait différemment à ces sensations nouvelles de contact, mais qu'il ne fallait pas s'y habituer dans tous les cas. De toute façon, elle n'en aurait pas le temps. Le délai accordé correspondait exactement aux besoins du nouveau-né et il fallait le respecter à la lettre pour que sa croissance n'en soit pas affectée. Pendant ce strict laps de temps, le traitement à base de plantes destiné à effacer le sens du toucher était réduit de façon importante.

Samale était d'autant plus heureuse qu'elle se préparait à rendre visite à nouveau à Georgia. Elle se souvenait très bien de leur dernière entrevue, qui l'avait laissée un peu en questionnement, même si elle n'en avait parlé à personne depuis. Et puis elle avait conservé le faux ongle découvert par hasard, en souvenir de ce moment. Il était tenu en toute discrétion dans le fond d'une jolie boîte décorative posée sur un meuble de sa chambre, et elle y pensait parfois comme à un trésor secrètement gardé. Plusieurs fois, elle avait songé à cette extraordinaire trouvaille en se demandant si Georgia s'était rendu compte que son ongle était resté sur le dessin, et que Samale avait pu le trouver. Elle avait forcément constaté qu'elle l'avait perdu. Quelle coïncidence, tout de même. L'aïeule avait perdu lors d'une courte visite de sa descendante un ongle, qui était resté collé sur une feuille, qu'elle avait oubliée sur la table… Cela ressemblait à une histoire que nous racontait notre grand-mère lorsque nous étions petits. Il s'agissait alors d'une abeille, insecte qu'on ne trouvait qu'à la campagne, qui, en transportant le pollen des fleurs butinées, en échappait toujours quelques gouttelettes sur le chemin du retour à la ruche. Un acte apparemment inconscient pour un insecte qui n'en connaissait pas les conséquences… mais Georgia semblait tout sauf inconsciente.

Ma sœur arriva au centre des Anciens avec un escorteur femme, cette fois-ci, et qui avait l'air très stricte vis-à-vis du règlement. La visite précédente datait de plus d'un an et demi, mais aucune amélioration n'était visible concernant l'éclairage des lieux, toujours très faible. Samale tenait dans ses bras son bébé, un garçon aux yeux brillants, très rieur déjà, vêtu d'une jolie combinaison d'un bleu intense. Elle le portait en permanence enroulé dans une belle et longue écharpe orange tissée. La vue de ce petit être la comblait quotidiennement de bonheur, et c'est rayonnante qu'elle entra dans la pièce réservée aux visiteurs. Après quelques secondes, l'escorteur se retira, et Georgia apparut. Dès que leurs regards se croisèrent, Samale détecta la petite lueur de la dernière fois. Mais elles n'avaient pas beaucoup de temps. Elle s'avança d'un pas, tournant le visage de son fils vers l'aïeule, et déjà l'expression de celle-ci se radoucit. Elle sourit, ce qui rassura Samale car la bienveillance des Anciens sur leurs descendants, même séparés par une porte vitrée, est une chose qui n'a pas de prix.

Très vite cependant, Georgia parut plus agitée, faisant des gestes avec ses mains, discrets mais tellement inhabituels que ma sœur les remarqua. Comme la fois précédente, elle eut l'impression que l'aïeule voulait lui faire comprendre quelque chose. Elle bougeait les mains, les doigts, montrait quelque chose du doigt ? … L'ongle ! L'ongle du pouce droit de Georgia n'était pas de la même couleur que les autres, il était rouge. Georgia si soignée, si soucieuse de son apparence, avait mis sur son pouce un faux ongle d'une couleur différente. Elle voulait attirer l'attention de sa visiteuse, lui faire passer un message à elle seule, Samale en était persuadée à présent. Mais pourquoi tant d'efforts sur ce détail, alors que le temps à passer ensemble était si court ? Pourquoi gâcher ce temps ?

Elle n'eut pas l'occasion d'interroger Georgia du regard, car l'escorteur revenait déjà lui signifier la fin de la visite. Elle adressa un dernier sourire teinté de déception à l'aïeule, qui lui fit en retour un petit signe de tête rempli de complicité et – lui sembla-t-il- de confiance. Comme si elle était satisfaite de l'attention de sa descendante, et qu'elle comptait sur elle pour trouver la clé de son comportement mystérieux. Puis elle s'éloigna et disparut d'un pas ferme et solennel.

Samale resta figée quelques secondes, avec une impression de frustration et en même temps, le sentiment que notre aïeule avait atteint l'objectif qu'elle s'était fixé. Mais qu'avait-elle compris, elle ? Que Georgia était folle ? Qu'elle voulait lui transmettre un faux ongle vernis en héritage de sa coquetterie ? Qu'elle avait fait exprès de le perdre ou de l'oublier sur la feuille ? Une chose semblait de plus en plus sûre. Elle avait combiné tout cela pour faire passer cet ongle coûte que coûte à sa descendante.

Il était l'heure de rentrer à présent. Le bébé s'était endormi dans son nid douillet, et quand il se réveillerait, il aurait faim. Le temps du trajet, accompagnés par un escorteur, couvrirait juste la durée de la sieste. Sur le chemin, Samale ne pouvait s'empêcher de repenser à Georgia, à ces deux entrevues un peu décousues, espacées de presque deux ans, à ce mystère autour de l'ongle. Devait-elle en parler à quelqu'un, et si oui à qui ? Elle ne pouvait objectivement mettre en doute la santé mentale de son aïeule, étant donné la description flatteuse que lui en avait faite l'escorteur lors de la première visite. L'aïeule avait donc agi en toute conscience, et Samale ne pouvait donc pas en rester là. Quand quelqu'un veut absolument vous faire comprendre quelque chose en si peu de temps, avec si peu d'occasions de le faire, c'est que cette chose est importante pour lui.

Quand ils furent arrivés devant l'appartement, le bébé s'éveilla doucement. Samale, après s'être annoncée, passa le hall d'entrée, monta les escaliers, et entra tout en expliquant à mots feutrés à son fils qu'ils étaient à nouveau chez eux. Seul notre père était présent à cette heure, car tout le monde était sorti faire des courses. Samale en serait quitte pour raconter sa visite pendant le dîner. Lui terminait dans son bureau l'étude d'un dossier technique concernant l'atelier de tissage. Elle lui fit un bref compte-rendu sans entrer dans les détails, puis prépara avec application le repas pour son fils. Au menu ce soir, plusieurs bouillies plus ou moins liquides et de couleurs fruitées, à déguster lentement pour une bonne digestion. Pouvoir nourrir son enfant, le voir grandir et devenir plus fort, c'était une gratification qui poussait Samale à toujours vouloir faire de son mieux pour lui. Elle se demandait tout en lui présentant les cuillérées l'une après l'autre, combien d'enfants elle aurait. Trois, peut-être quatre, ou plus, pourquoi pas ? Son mari ne s'y opposerait certainement pas, lui qui était issu d'une famille très nombreuse. Ils avaient prévu de se retrouver cette semaine pour une sortie au théâtre tous les deux, et juste avant, une grande promenade au parc avec le bébé. Il aurait certainement une réponse pour sa candidature au poste qu'il convoitait dans l'administration des finances. Ce serait une occasion à célébrer, sans aucun doute.

Le bébé terminait son repas. Une fois repu, il pouvait rester calmement éveillé dans sa chambre qui jouxtait celle de Samale à l'étage.

— Georgia aurait aimé vivre avec nous tous dans cet appartement.

Ses pensées revinrent sur l'ongle qui devait toujours se trouver dans la boîte sur la commode de la chambre. Elle s'y dirigea tout en gardant un œil sur son fils qui babillait devant un mobile multicolore, relique de famille composée d'animaux en fines lamelles de bois, accrochés par des fils argentés et suspendus au plafond. Le mouvement lent des animaux, que les simples allées et venues de Samale dans la chambre suffisaient à animer par légers appels d'air, entraînait un minuscule mécanisme produisant une légère et douce cacophonie musicale. Avec la lumière du jour qui entrait dans la pièce, les reflets colorés et brillants attiraient le regard du bébé et semblaient l'hypnotiser.

Samale détacha ses yeux de ce plaisant spectacle, ouvrit la boîte, souleva le fond secret et observa l'ongle, comme si elle voulait le questionner.

— Qu'est-ce que Georgia a bien pu vouloir me dire ? Que veut-elle que je fasse avec ça ?

Le mystère était déroutant. Incongru même. Cette chose était si petite, si personnelle. On ne porte pas le faux ongle de quelqu'un, fût-il de notre famille. Cette chose n'était pas précieuse en elle-même, et malgré le fait qu'on n'en fabriquait plus comme c'était le cas pour bon nombre d'objets, elle n'avait pas de valeur si ce n'était affective. Ce n'était ni beau ni laid, c'était un ongle, un petit morceau d'intimité. Sauf à le faire examiner par un scientifique pour d'éventuels secrets biologiques ou chimiques, à l'œil nu, on ne distinguait rien de spécial.

Le bébé était toujours occupé par l'observation du mobile, ses grands yeux ébahis envahissant son visage de poupon. Samale avait encore du temps devant elle avant le dîner. Elle décida de sortir son microscope, offert par notre père lors de ses études de stylisme, alors qu'elle avait eu besoin d'analyser des matériaux et matières premières organiques. C'était ce même microscope qui lui avait servi lors de ses propres études techniques des années auparavant. Ma sœur ne l'avait plus utilisé depuis plusieurs années mais il était en excellent état et c'était un modèle très performant à l'époque de notre père.

Avec cet outil, s'il y avait quelque chose à voir sur l'ongle, cela ne pourrait pas lui échapper. Et puis ça pouvait être amusant. Elle s'installa sur la petite table basse dans la chambre du bébé, fit de la place, sortit les supports en verre, les pinces, les instruments de découpe. Tout était tellement bien pensé, on pouvait étudier n'importe quoi avec ces instruments, objet, substance végétale ou animale... Quel plaisir de retrouver ces gestes oubliés depuis la fin de ses études, de se dire qu'elle était capable d'arracher ses secrets à la moindre brindille. Elle pensa qu'elle pourrait peut-être reprendre une activité professionnelle, quelques heures par semaine. Son fils resterait avec les autres membres de la famille pendant ce temps. Ce serait possible lorsqu'il aurait atteint ses dix mois.

Samale posa délicatement l'ongle sur la tablette de verre avec la pince, face incurvée en-dessous, et glissa le tout sous l'objectif du microscope. Elle approcha son front, plaça son visage de façon à poser ses yeux en face des yeux de l'appareil, et commença le réglage. Le bébé la dévisageait, il avait lâché le mobile du regard pour une autre curiosité. Cette chose ne faisait pas partie des objets communs qui constituaient son environnement habituel. Samale s'en aperçut.

— Tu vois, mon chéri, j'ai appris à me servir de cet instrument à l'école. Toi aussi, quand tu iras à l'école, tu apprendras plein de choses que tu me raconteras le soir. Tu verras, ce sera formidable. Maintenant, je dois me concentrer.

Elle termina le réglage avec application, et commença l'observation millimètre par millimètre, comme elle l'avait appris. Elle détailla chaque partie de l'ongle mais ne vit rien d'étonnant. L'ensemble était très homogène, la couche de vernis nacré recouvrait bien toute la surface. Un peu déçue, elle reprit sa pince pour retourner l'ongle et observer la face interne. A ce moment-là, notre père, certainement étonné par le silence qui régnait à l'étage, apparut à la porte restée ouverte.

— Ah tu es là, Samale. J'avais l'impression qu'il n'y avait plus personne. Que cet enfant est sage ! C'est un ange. Que fais-tu là ?
— Je… je ressors mes souvenirs de jeune étudiante. Je me demandais si je ne reprendrais pas une activité d'ici quelques mois. J'aimerais beaucoup me remettre à étudier la mode, qu'en penses-tu ?
— Ma chérie, il faut d'abord penser au bébé. Mais si ton organisation te le permet, ça peut être une très bonne idée. Je pense d'ailleurs que tu pourrais travailler avec moi à l'atelier ; tu nous apporterais de la fraîcheur pour les nouvelles collections. Nous en avions déjà discuté ta mère et moi, mais nous ne voulions pas te presser. Il n'y a pas d'obligation, cependant, puisque tu en parles…
— C'est vrai papa ? Tu penses que je pourrais être utile dans ton atelier ? Mais c'est formidable, c'est juste ce dont je rêvais. Merci !
— De rien, ma fille. Ce sera un plaisir de te voir plus souvent et de partager nos idées. Et puis cela te permettra de gérer tes horaires en fonction du bébé. Je te laisse maintenant, je veux terminer mon dossier avant le dîner. A tout à l'heure !

Samale était enchantée. Elle se disait qu'elle avait beaucoup de chance d'avoir une famille aussi soucieuse de son bien-être. Elle se tourna vers son fils et le prit dans ses bras.

— A toi, je promets de toujours faire tout ce qui est possible pour que tu te sentes bien. Avec l'affection de toute la famille et de celle de ton père, tu seras bien entouré et tu ne manqueras jamais de rien.

Bercé par la douceur des mots et la voix de sa mère, le bébé s'endormit et son visage, illuminé par ses boucles blondes, était si doux que Samale en fut attendrie. Elle ressentit une volonté infinie de le protéger pour toujours. Elle posa délicatement son fils dans le petit lit en bois et corde tressée. Il dormirait deux heures et demie, avant son dernier repas du soir. Tout en le regardant rêver paisiblement, elle repensa soudain à ce qu'elle était en train de faire quand notre père était entré. Elle voulait observer l'autre face de l'ongle avec son microscope.

A nouveau donc, elle approcha son visage de l'appareil, effectua le réglage au plus fort grossissement possible, et reprit son observation.

Dans un premier temps, elle ne distingua rien de spécial, si ce n'est quelques résidus de ce qui ressemblait à de la résine ou de la colle. Elle déplaça imperceptiblement la tablette pour poursuivre son examen, cligna des yeux pour ajuster sa vue et là, soudain, comme en transparence, aperçut des lignes, des ombres, formées de minuscules points presque invisibles.

— Tiens, qu'est-ce-que c'est ?

Elle avait pensé tout haut en relevant la tête, prise comme dans un jeu d'énigme.

A ce moment-là, quelqu'un frappa doucement à la porte. C'était notre mère, de retour de la sortie familiale pour les courses. Elle chuchota.

— Samale, le bébé dort ? Viens manger, c'est prêt.

Avec regret, ma sœur obtempéra et se détacha de l'instrument. Dans la famille, on dînait à dix-neuf heures précises. C'était comme ça pour chaque étape de la journée d'ailleurs et dans toutes les familles que nous fréquentions, depuis que les instances médicales conseillaient la régularité de vie comme meilleur moyen de lutter contre les maladies. Eviter les chocs, les tensions, les surprises, réguler, calmer, aplanir... La Norme définissait toutes les règles de vie nécessaires pour un individu bien-portant et sain d'esprit. Moins de risque de maladie, c'était la contribution indispensable de chacun à l'économie des dépenses de santé, et donc à l'équilibre de l'humanité. Une sorte de responsabilisation générale par rapport aux ressources restantes. En contrepartie, on avait la promesse de vivre plus heureux, puisque le mode de vie imposé donnait accès à une sérénité transmissible de génération en génération.

Samale appréciait les repas pris en famille, dans le calme et la douceur de la maison chaleureuse et rassurante. Ici, rien de mauvais ne pouvait arriver.

Sauf qu'aujourd'hui, elle ne pouvait s'empêcher de penser à l'ongle et à Georgia. Elle avait vu quelque chose grâce à son microscope, qui avait éveillé sa curiosité, et elle avait hâte de poursuivre son examen. Pour l'instant, elle préférait n'en parler à personne car c'eût été insignifiant pour qui n'avait pas partagé la rencontre avec l'aïeule. Il fallait avoir vu le regard de Georgia pour saisir l'intérêt de cet objet. C'est très difficile d'expliquer un regard.

Dès que le repas fut terminé, elle annonça qu'elle allait vérifier si son fils dormait bien, et monta rapidement dans sa chambre. Il dormait profondément. Rien n'avait bougé et l'ongle semblait l'attendre sous le microscope. Elle se concentra et reprit son observation. Effectivement, elle distinguait bien à présent des lignes, des ombres. Et là, sur le bord, on aurait dit qu'une fine pellicule se décollait de cette partie de l'objet, et que quelque chose était représenté sur cette minuscule surface. Elle attrapa une pince très fine, et tenta de saisir l'extrémité décollée. Celle-ci était tellement petite que ses doigts lui semblaient disproportionnés. Elle eut soudain l'impression d'être très maladroite, et dut redoubler d'attention et de concentration. Retenant sa respiration, elle approcha à nouveau très lentement sa pince pour parvenir à attraper une extrémité de moins d'un demi-millimètre. Elle savait que si elle tirait trop fort à ce moment-là, la pellicule risquait de se déchirer ou de s'abîmer. Il fallait tirer fermement mais très lentement. C'étaient des gestes qu'elle avait appris à faire de nombreuses années auparavant, et elle devait s'efforcer de retrouver la patience et l'habileté nécessaires à ces manipulations minutieuses. Elle suivit l'évolution du décollement au travers des yeux de l'appareil, et malgré la tension inhabituelle et un peu douloureuse de ses muscles oculaires, constata effectivement qu'il s'agissait d'une sorte de film blanc très fin collé sur la face interne de l'ongle. Un film complètement invisible à l'œil nu.

Enfin, elle parvint à décoller entièrement et sans l'abîmer le film minuscule, et le tint victorieusement du bout de sa pince. Un mauvais geste et il pouvait lui échapper, tomber et se perdre définitivement. Elle s'empressa de saisir une nouvelle tablette propre, de le positionner dessus, et de placer le tout sous le microscope à la place de l'ongle. L'objet étant cette fois posé sur sa face externe, elle pouvait distinguer à l'œil nu une forme, mais les traits étant assez faiblement appuyés, elle aurait besoin à nouveau des yeux de l'appareil pour en voir plus. A nouveau, elle approcha donc son visage, à nouveau, elle effectua les réglages, cherchant à retrouver avec plus de netteté les lignes aperçues précédemment. Si Georgia avait un secret à révéler, elle le découvrirait ce soir.

Au bout de quelques secondes, Samale obtint un résultat très net. C'était bien ça. Sur ce minuscule support se trouvaient représentées des formes, des lignes qui apparaissaient à présent clairement à ses yeux, pourtant fatigués par l'effort inhabituel. C'était toutefois un dessin bien étrange ; un petit ovale, des lignes qui en partaient toutes, orientées presque vers la même direction… Mais peut-être fallait-il tourner la plaquette pour y reconnaître une forme familière. Elle essaya toutes les possibilités, tourna la plaquette dans tous les sens, et alors qu'elle plaçait l'ovale vers le haut, cela lui fit immédiatement penser à un personnage, du genre de ceux que font les enfants lorsqu'ils commencent à dessiner. Elle décida de se concentrer sur la tête : elle distinguait bien deux yeux, une bouche, mais pas de nez ni d'oreilles, tout juste des points à la place de ces organes, et encore sans certitude.

C'était bien un personnage. Un personnage nu et dépourvu d'oreilles, de cheveux, de nez, mais tout de même.

Bon. Samale voulait terminer son travail avant que le bébé ne s'éveille, mais ses yeux commençaient à lui chauffer et même s'il n'y avait pas de miroir dans l'appartement pour vérifier, elle craignait qu'on l'interroge ensuite sur son regard rougi par la tension. Elle décida pour terminer de reproduire sur une feuille de papier en les grossissant les lignes qu'elle voyait au microscope. Son dernier effort consista à suivre chaque courbe, chaque point, et à les dessiner simultanément trait pour trait sur la feuille quadrillée, en faisant son possible pour respecter les proportions. Elle s'appliquait, trouvait du plaisir à ce petit travail minutieux. Pour la première fois, elle avait l'impression de vivre une aventure pour elle seule, sans que toute la famille y soit mêlée, et elle y trouvait une satisfaction qui la gênait en même temps qu'elle l'excitait. Ce n'était pas l'habitude, de se cacher des choses. La Norme n'était pas un cadre propice à ce genre de fantaisie.

Finalement, elle obtint un dessin qui confirmait ce qu'elle pensait, et qui n'était autre qu'une reproduction grossière d'un personnage, comme si le croquis était juste ébauché.

Qu'est-ce que cela pouvait signifier ? Et pourquoi aller dissimuler quelque chose d'aussi anodin dans une cachette aussi inattendue que compliquée ?

Samale se sentit un peu vide tout d'un coup. Tous ces efforts pour si peu. Ce dessin ne lui inspirait rien, elle n'y voyait aucun message flagrant et n'avait en mémoire aucun souvenir familial qui puisse l'éclairer. Son excitation était retombée. Elle était déçue et en même temps, elle avait peur de ne pas voir ce que notre aïeule voulait peut-être qu'elle voie, de ne pas être à la hauteur de ses attentes. Que pouvait signifier ce simple gribouillis ? Etait-ce symbolique ? Etait-ce une mauvaise plaisanterie ? Elle commençait à se demander si elle ne s'était pas imaginé toute une histoire autour d'un détail anodin. Peut-être Georgia ne savait-elle pas que Samale avait l'ongle en sa possession, ni qu'un dessin s'y trouvait caché. Peut-être même n'était-ce pas un ongle appartenant à Georgia, mais à un autre Ancien ayant reçu un visiteur au même endroit juste avant elle. Cependant, comment serait-ce possible avec un nettoyage entre chaque visite aussi poussé que semblait le dire l'escorteur… Alors que faire maintenant ?

Comme pour sauver Samale de l'impasse, le bébé s'éveilla dans son joli lit aux couleurs douces. Aussitôt, elle se sentit plus sereine, toute son attention se trouvant avec bonheur détournée vers lui. Elle allait maintenant lui préparer son repas, faire les gestes que toute mère fait, lui apporter la protection et la douceur qui l'empliraient de sécurité et d'assurance.

Elle rangea précieusement dans la boîte de la commode la feuille sur laquelle elle venait de reproduire le dessin, après y avoir joint une petite enveloppe contenant l'ongle ainsi que la fine lamelle portant toujours l'original. Puis elle s'assit sur le lit, leva la tête et regarda en l'air. Une toute petite tache sombre, comme une ombre, se dessina au plafond. Elle n'avait jamais vu cette tache auparavant.

Le lendemain, Samale s'efforça de reprendre le cours de sa vie comme si rien n'était venu la perturber. Au fond d'elle, des sentiments étrangers s'immisçaient de façon si diffuse qu'elle ne pouvait les reconnaître. Légèrement désorientée, elle vaquait à ses activités habituelles, dans l'ordre et aux horaires habituels. Quelques jours passèrent ainsi, elle rendait visite à son mari avec son fils, ses occupations étaient plaisantes et calmes. Pourtant, elle ne pouvait s'empêcher de penser à Georgia. Et si c'était vraiment important ? Si Georgia avait mis dans cet ongle un ultime espoir ? Ma sœur avait beau essayer de ne plus penser à tout cela, elle ne parvenait pas à effacer le souvenir du regard mystérieux de notre aïeule. Elle ressentait une sorte d'insatisfaction envers elle-même, comme si elle n'avait pas rempli sa mission auprès d'un des membres de sa famille, ce qui constituait pour elle un manquement des plus graves. Alors pourquoi ne pas en parler directement au directeur du centre des Anciens ? Cette solution l'avait déjà tentée, et elle avait plusieurs fois imaginé prendre rendez-vous pour se débarrasser une fois pour toutes de ce poids sur sa conscience. Mais au fond d'elle, elle savait bien que si c'était ce que Georgia avait voulu, elle l'aurait fait elle-même. D'après l'escorteur de la première visite, notre aïeule était très bien vue par tout le personnel du centre et nul doute que l'on accordait à ses paroles toute l'attention qu'elles méritaient. Ce serait une trahison envers elle que d'aller raconter cette histoire d'ongle à un inconnu, fût-il le directeur du centre. Plus elle y réfléchissait, plus elle en était sûre. Georgia s'était donné beaucoup de mal pour imaginer ce stratagème, et l'avait choisie, elle, pour transmettre un message important. Il fallait être à la hauteur, un point c'est tout.

Lucide sur les limites de ses moyens propres, et décidée à trouver une aide technique qui lui paraissait indispensable à ce stade, Samale commença par rendre visite à son mari, avec une idée précise en tête ; ses facilités d'entrée dans les différents services de l'administration où il travaillait à présent.

— Dis-moi, dans ton administration, il y a un laboratoire, je crois ?
— Oui, c'est exact. C'est un laboratoire spécialisé dans les biotechnologies et la chimie, avec un département d'analyses graphiques. Pourquoi me demandes-tu cela ?

— Eh bien, tu sais que mon père me propose de travailler avec lui quelques heures par semaine. Je me demandais si tu pourrais obtenir que je rencontre quelqu'un dans ce laboratoire, pour l'aider dans ses recherches sur les matériaux et techniques de tissage. J'aimerais m'inspirer de graphismes traditionnels. Il existe peut-être déjà des conventions d'échanges de compétences ?

— Bien sûr, je vais me renseigner si tu penses que cela peut t'être utile. Toutefois, les services d'analyses graphiques font partie d'un domaine confidentiel. Elles sont utilisées pour valider l'authenticité d'œuvres artistiques réalisées à l'encre, et le département est sous protection car certaines œuvres sont très précieuses et anciennes. La plupart des personnes qui y travaillent sont des spécialistes de l'art graphique, des ingénieurs en grande partie. Je connais personnellement l'un d'entre eux, Loïs. C'est quelqu'un de fiable, qui bénéficie d'une très bonne réputation professionnelle. Simple, ouvert et à l'écoute. Je lui parlerai de ton projet.

Samale remercia son mari. Elle voulait qu'il intègre bien son souhait d'avoir accès à ce laboratoire –et à l'aide de ce Loïs-, mais sans éveiller sa curiosité. Elle se sentait un peu honteuse d'utiliser ainsi son mari pour servir son objectif secret, mais en aucun cas elle ne cherchait ainsi à le tromper ou à lui nuire. Elle lui raconterait tout plus tard, si elle découvrait quelque chose qui puisse l'intéresser. Et puis elle comptait bien se servir réellement du laboratoire pour aider notre père si cela était possible. Je sais que ma sœur n'a jamais voulu cacher quoi que ce soit à notre famille. Elle avait toujours eu pour intention de nous tenir au courant lorsque tout deviendrait plus clair pour elle et qu'elle jugerait le moment venu.

Elle changea de sujet de conversation.

— Si nous allions nous promener au parc, tous les trois ? Il paraît qu'il y a un nouvel espace fleuri, de toute beauté.

Le mari de Samale était une crème. Le choix de s'unir à lui, malgré quelques autres propositions de la part de connaissances diverses, s'était imposé de lui-même car nos familles étaient amies depuis longtemps et la confiance mutuelle était très forte entre nous. Ma sœur n'avait jamais eu à se demander si elle était amoureuse de lui, et de mon côté, je ne lui avais jamais donné mon avis sur ce genre de question. C'était presque une évidence, alors qu'ils grandissaient puis vieillissaient déjà ensemble, au travers des liens de nos familles respectives. Lorsqu'ils se voyaient, le temps passait agréablement. Ils étaient heureux de se retrouver et de se raconter les derniers petits évènements de leurs vies, sans toutefois entrer dans les détails de l'intimité de chacun. Ils avaient des goûts communs, notamment pour ce qui concernait la lecture, la musique, ce qui leur permettait d'échanger avec passion sur maints sujets de distraction et de loisir. On sentait, lorsqu'on les voyait ensemble, qu'ils se respectaient mutuellement et se considéraient sur un plan moral en égalité totale. L'enfant qu'ils avaient en commun à présent représentait le lien indéfectible entre les deux familles et emplissait leurs vies de gaieté et du plaisir de veiller sur un nouveau petit être.

Quelques semaines avaient passé. Le bébé avait grandi et il approchait de ses dix mois. A la date anniversaire précise, comme c'était le cas pour tous les nouveaux-nés, une visite médicale spécifique était programmée au Grand Hôpital, pour préparer l'entrée de l'enfant dans la vie en tant que personne physiquement indépendante. Les contacts physiques avec la mère n'étaient autorisés que jusqu'à cet âge, les instances médicales estimant qu'il ne pouvait s'en passer dans les premiers mois de la vie. Ensuite cependant, il fallait entrer dans le schéma général ; moins de contacts pour moins de maladies. Pendant ces premiers mois, la mère elle-même était suivie pour évaluer ses réactions à ces contacts inhabituels et s'assurer qu'il ne s'installe pas une accoutumance. Au terme de la période, l'enfant était progressivement désensibilisé et soumis au même traitement que tout le monde, et on demandait à la mère de le toucher le moins possible pour qu'il se détache d'elle. Des cours étaient intégrés dans les programmes d'enseignement primaire pour expliquer à tous les élèves la nécessité et les principes de ces mesures. Des professeurs spécialisés se déplaçaient d'école en école en continu pour dispenser ces cours. C'est la survie de l'espèce humaine qui était en jeu d'après la Norme.

Samale avait prévu d'aller au rendez-vous du Grand Hôpital avec son mari pour cette visite solennelle. Peut-être l'accompagnerions-nous tous, bien que cet évènement soit souvent vécu comme un moment d'intimité entre les couples. Nous ferions selon leur souhait.

Les dernières semaines avaient paru longues à ma sœur, depuis sa discussion au sujet du laboratoire avec son mari. Plusieurs fois, elle avait ressorti la feuille de papier avec le dessin et l'ongle de leur cachette, plusieurs fois, elle avait essayé de deviner ce que cela signifiait, forçant les abîmes du moindre souvenir, du moindre évènement familial qui pourrait avoir un lien avec cette représentation étrange, mais sans succès. Dorénavant, elle plaçait tous ses espoirs dans la possibilité d'avoir accès à du matériel et aux conseils d'un spécialiste. Elle avait conscience que seule, elle n'irait pas plus loin. Elle n'avait pas voulu relancer son mari, mais le rendez-vous pour le bébé étant prévu deux semaines plus tard, elle comptait sur l'occasion de cette réunion.

— Je vais bientôt pouvoir consacrer du temps à mon père pour son activité. As-tu pu te renseigner sur la possibilité de rencontrer cette personne dont tu m'as parlé, au laboratoire de l'administration ?
— C'est arrangé. Tu pourras t'y rendre dès le moins prochain. Loïs, l'ingénieur dont je t'ai parlé, a obtenu une autorisation spéciale pour toi. Il a fait valoir l'aide que tu pourrais nous donner en retour, par ta connaissance de l'histoire des styles. Actuellement, ils travaillent justement sur des applications pratiques telles que l'habillement.
— Parfait, c'est formidable ! Tu le remercieras de ma part s'il te plaît.
— Tu pourras le remercier toi-même dès cette semaine. Je l'ai invité à dîner ce jeudi soir. Nous nous retrouverons chez mes parents. Je voulais t'en informer ce soir, mais tu m'as devancée. Qu'en dis-tu ?

Samale ne pouvait en espérer autant.

Le soir du dîner, fastueux comme à l'accoutumée, Samale fit donc la connaissance de Loïs. C'était un homme de leur âge, la quarantaine environ. Il n'était pas encore marié et n'avait pas d'enfant. Il se consacrait presque entièrement à son travail, et à ses passions. Il avait fait des études très poussées sur les Arts Graphiques Contemporains, et les techniques manuelles et artistiques de représentation visuelle. A côté de cela, il adorait la musique lui aussi, et c'était un passionné d'astronomie et de tout ce qui était en rapport avec l'univers, l'infiniment grand, les planètes.

— Lorsque j'étais petit, je m'inventais des histoires de voyage dans l'univers, de planète en planète, à bord de vaisseaux tous plus incroyables les uns que les autres, et que je dessinais ensuite avec tous les détails d'aménagements qui me faisaient rêver. C'était très amusant, et tellement rassurant de me dire que même si la terre n'existait plus un jour, les êtres humains auraient une infinité d'autres planètes accueillantes à habiter.

Samale écoutait Loïs avec attention. Ces histoires, elle se rappelait étrangement les avoir rêvées elle aussi, et avec les même espérances. Elle se revoyait regarder le ciel et se perdre dedans, puis se retrouver, comme elle le faisait encore lorsqu'elle avait besoin de retrouver ses repères d'adulte. C'était si émouvant et troublant d'entendre un inconnu raconter ses propres souvenirs. La différence, c'était que Loïs ne connaissait pas les planètes seulement en rêve, mais aussi d'un point de vue scientifique, ce qui lui permettait de pousser beaucoup plus loin son imagination. Le discours de cet homme éveillait en elle des sentiments contradictoires ; à la fois le soulagement de partager avec quelqu'un des peurs et des espoirs enfouis profondément, et qu'elle n'avait jamais pu exprimer, et la surprise de les sentir ressurgir aussi fort. Elle ne savait pas que le sentiment d'insécurité était présent en elle. Elle croyait comme nous tous le croyions que, tout sa vie étant réglée au plus près de la Norme, cela la protégeait, lui donnait une sorte d'immunité, un équilibre inébranlable dans ses certitudes. Mais était-ce vraiment dû à l'histoire de cet inconnu qui se racontait sans retenue, ou à la récente découverte livrée par son aïeule, et dans laquelle Samale soupçonnait un secret lourd à porter ?

Au moment de se quitter pourtant, elle lança, avec un détachement qu'elle souhaitait le plus convaincant possible :

— Loïs, pensez-vous qu'il sera possible de me recevoir au laboratoire le mois prochain ?
— Votre mari m'en a convaincu en effet. Vous savez, mes attributions sont limitées, mais nous avons obtenu l'autorisation de vous donner accès aux secteurs non confidentiels. Ce sera un plaisir pour moi de vous y accueillir, puis nous verrons selon votre projet.
— C'est très aimable de votre part, je vous remercie beaucoup. Je suis certaine que nous aurons beaucoup à partager. Si cela vous convient, je vous rappelle pour fixer un rendez-vous après la visite au Grand Hôpital.

Le jour anniversaire des dix mois du fils de Samale étant enfin arrivé, une cérémonie fut organisée par les parents en présence de plusieurs membres des deux familles, quelques heures avant le rendez-vous. On pouvait ressentir la chaleur et la bienveillance dans l'appartement familial et autour du bébé, couvert de cadeaux pour l'occasion, alors que nous discourions tous gaiement sur la joie d'être jeune parent, et sur divers autres sujets gais et légers. Vers le milieu de l'après-midi, Samale et son mari se préparèrent pour emmener le nouveau-né. L'entrée dans l'institution, dont les bâtiments s'étendaient sur plusieurs kilomètres de terrain, se fit dans la bonne humeur et sans la moindre appréhension, tant la réunion familiale qui avait précédé avait apporté de chaleur et de douceur au couple. Le papa porta l'enfant dans son couffin jusqu'au service où il serait pris en charge pendant plusieurs heures, comme des centaines d'autres ce jour-là. Ses parents pourraient ensuite venir le rechercher pour le ramener à la maison, et ce serait le début de sa vie d'indépendance physique. L'ambiance était détendue, malgré le caractère solennel de la journée.

Deux jours plus tard, ma sœur avait rendez-vous avec Loïs dans la grande administration des finances. Après avoir passé l'accueil et les contrôles, elle se rendit rapidement au bureau de son mari pour le saluer, et celui-ci la conduisit au sous-sol, où se trouvait le laboratoire. A cet endroit, il la confia à un escorteur, qui lui-même la mena jusqu'au bureau de Loïs. Il était occupé à remettre des instructions à un nouveau stagiaire, semblait-il, et Samale patienta un peu dans le couloir, tout en observant l'activité autour d'elle. Elle avait l'impression d'être transparente, tant chacun semblait concentré, ne prêtant pas la moindre attention à sa présence. Une mère de famille posée au milieu d'un champ d'instruments et de cerveaux tous reliés entre eux par les mêmes sujets de recherches, et qui semblaient prendre soin de la contourner. Il y avait peu de monde dans ce laboratoire, mais tous ceux qui étaient là semblaient complètement absorbés par leurs tâches, et uniquement préoccupés par leurs appareils, leurs ordinateurs, leurs systèmes de mesure divers, leurs documents et supports de travail, minuscules pour certains ou au contraire gigantesques pour d'autres.

Entre temps, Loïs avait terminé et se dirigea vers Samale pour l'accueillir. Sa blouse blanche lui donnait un air beaucoup plus sérieux que lors de leur rencontre au dîner, alors qu'il portait un de ces vêtements uniformes colorés pour homme.

— Bonjour Samale, je vois que vous avez trouvé le chemin jusqu'à nous ! Le rendez-vous pour le bébé s'est bien passé ?

— Parfaitement bien, je vous remercie.

Elle était touchée de constater qu'il n'avait pas oublié cet évènement important pour elle et les siens.

— Parfait, alors allons-y. Je vous propose de commencer par les services de chimie, du moins ceux qui sont accessibles aux visites. Ensuite, vous me direz ce qui vous intéresse et nous verrons ce qui est possible de faire ensemble.

Ma sœur en aurait presque oublié l'objectif qu'elle avait lorsqu'elle avait évoqué la possibilité de cette rencontre avec son mari, tellement elle avait hâte de reprendre une activité professionnelle. L'atmosphère studieuse de ce laboratoire lui donnait envie de commencer tout de suite, de se plonger dans l'étude, dans la recherche et dans la création. Mais le visage de Georgia lui revint soudain en mémoire, et elle repensa à l'ongle et au dessin, toujours cachés dans sa chambre et dont elle n'avait parlé à personne. Dans ce laboratoire, elle devrait trouver des réponses à cette énigme. Et pour cela, Loïs semblait être la personne idéale pour l'aider, dût-elle mettre du temps à atteindre son but.

Loïs poursuivit la visite, expliquant à Samale toutes les applications de ce laboratoire, en particulier ce qui le concernait directement, c'est-à-dire la vérification de l'authenticité d'œuvres d'art graphiques, et plus précisément d'œuvres réalisées à l'encre. Ce qui lui plaisait le plus dans son métier, c'était d'avoir accès à toutes ces merveilles, qu'il n'aurait jamais pu approcher dans la vie courante. C'était un privilège qu'il ne devait qu'à la chance d'avoir trouvé ce poste. Il travaillait en musique, et Samale se rendit compte qu'ils avaient les mêmes goûts dans ce domaine. Elle le lui dit et il lui proposa de l'accompagner avec son mari, aux rencontres musicales inter-administrations qui étaient organisées pour le mois de novembre. Tous les nombreux passionnés de musique de cette ville qui travaillaient dans les administrations seraient présents pour ces rencontres mettant en scène quantité de musiciens amateurs, dont certains étaient excellents.

— Nous viendrons avec plaisir. Emmènerez-vous une amie ?
— Qui sait ? Peut-être que le hasard me permettra d'ici-là de croiser sur mon chemin la femme de ma vie ? Pour l'instant, en toute sincérité, je n'ai pas de projets de ce côté !

Il avait dit cela sur le ton de la plaisanterie, et ma sœur se demanda s'il avait déjà été proche d'une femme, s'il avait déjà eu envie de se marier. Elle était un peu surprise qu'un jeune homme aussi agréable n'ait pas déjà dans ses connaissances une amie toute prête à l'épouser, mais elle ne voulait pas paraître curieuse et cela ne la regardait pas. Il poursuivit d'ailleurs la conversation sur un autre sujet.

— Savez-vous qu'il existe des interactions très fortes entre la musique et l'univers ? Comme entre toute création artistique et l'univers d'ailleurs ; la peinture, la sculpture, le dessin, la littérature…

Samale montra sa surprise et son incompréhension, ce qui incita Loïs à poursuivre.

— C'est une théorie peu commune et j'en assume l'originalité. La création passe par un état second, parfois imperceptible, mais nécessaire pour atteindre une sorte d'ouverture vers quelque chose qui n'existe pas encore. Cet état ne peut être atteint que si l'artiste parvient à prendre suffisamment de recul pour se placer dans l'immensité de l'univers et de ses possibles. Au moment où il crée, il n'est plus un artiste parmi les hommes mais une partie même de l'univers infini. Se mettent alors en place des interactions spirituelles, chimiques et magnétiques, sous la forme de champs, d'ondes et de réactions multiples, qu'il est possible d'étudier grâce à diverses techniques très poussées. Je suis persuadé qu'ainsi chaque planète apporte son influence propre à l'imagination des artistes et des créateurs. Une influence perceptible, matérialisable et même mesurable. J'ai déjà effectué de longues recherches à ce sujet, et j'espère faire connaître un jour mon travail.

Ma sœur, dont la curiosité était pourtant piquée par cette théorie et qui aurait aimé en savoir plus, ne pouvait que saisir l'occasion.

— Tout cela est très intrigant, Loïs. J'ai justement trouvé par hasard un minuscule dessin dont je ne sais que penser. Voudriez-vous me donner votre avis si je vous le montre ?

— Je ne suis pas autorisé à utiliser les moyens du laboratoire à des fins privées, mais vous pourriez m'apporter ce dessin chez moi. Je suis curieux de toute découverte dans ce domaine et je dispose de quelques matériels d'assez bonne qualité. C'est avec plaisir que je vous donnerai mon avis, dans la mesure de mes compétences.

C'était tout ce dont Samale avait besoin. Quelqu'un qui lui apporte la compétence technique lui faisant défaut pour tirer quelque chose de sa trouvaille, sans avoir d'implication affective dans l'objet. Elle regrettait de devoir encore une fois dissimuler sa vraie motivation à une personne aussi serviable, mais elle craignait trop d'effrayer Loïs avec son histoire, et de risquer ainsi de laisser passer cette chance qui lui était offerte.

Après quelques échanges sur les besoins ou attentes de l'un et de l'autre, la visite touchait à sa fin et ma sœur, ne voulant pas abuser du temps de travail de son hôte, pris les devants pour organiser leur prochaine entrevue.

— Je vais très certainement me rendre à l'atelier de mon père cette fin de semaine, pour établir avec lui nos objectifs de recherche sur les prochains mois. Je vous propose de vous appeler samedi afin de convenir d'un nouveau rendez-vous.

— Certainement. Nous pourrons ainsi nous entendre sur la façon dont nous procéderons, et sur vos idées. Je suis toujours attaché à explorer de nouvelles pistes.

— Alors à bientôt, Loïs. Et merci encore pour votre disponibilité.

Sur le chemin du retour, Samale pensa à son mari, à tous les siens. C'était la première fois qu'elle nous cachait quelque chose aussi longtemps, et cela commençait à lui peser. Un fois rentrée, elle s'appliqua à retrouver auprès de son fils sa sérénité et son calme. Paradoxalement, c'était aussi pour nous protéger qu'elle ne voulait rien dire, et aussi pour protéger Georgia. Il aurait été plus facile pour elle de partager sa découverte, et donc le poids qu'elle engendrait.

Dans l'atelier de notre père, Samale retrouva toutefois un semblant de normalité, par le plaisir qu'elle avait à reprendre une activité professionnelle. Elle posa ses marques, élabora avec lui un planning, détermina les premiers objectifs, et ils commencèrent à définir ensemble ce que pourraient être leurs actions en collaboration avec le laboratoire de l'administration.

— Tu as eu là une excellente idée, Samale. Cette aide peut se révéler précieuse, et si en plus nous pouvons être utiles à l'administration ! Quand dois-tu revoir ce jeune homme ?
— Nous avons convenu que j'appelle samedi pour prévoir une nouvelle rencontre. Je te tiendrai au courant.

Le jour venu, Samale appela Loïs.

— Bonjour, je vous rappelle comme prévu pour notre rendez-vous. J'ai préparé un dossier complet avec mon père, qui comporte tous les éléments à valider avant de nous lancer dans le développement d'un nouveau textile à base de soie naturelle couplé à d'autres matériaux organiques. Je vous montrerai nos toutes dernières réalisations en matière de techniques de tissage. Qu'en pensez-vous ?

— Je vous propose mercredi vers seize heures, si cela vous convient. Au laboratoire de l'administration. Vous connaissez à présent.

— C'est parfait, j'y serai. A mercredi !

Samale, volontairement, ne parla pas du dessin. Cependant, elle comptait bien l'apporter pour ce rendez-vous, au cas où Loïs reviendrait de lui-même sur le sujet. Une question restait à régler toutefois, car toute personne qui entrait dans le centre administratif subissait auparavant une fouille en règle. Il fallait donc trouver une bonne cachette pour le dessin de Georgia. Ma sœur n'eut pas à réfléchir longtemps ; la meilleure cachette, ce serait sur son pouce ! Il suffirait de recoller avec soin le petit dessin sous un faux ongle, et le tout sur son pouce, en prenant soin de mettre des faux ongles identiques sur les autres doigts. Ce n'était pas facile d'en trouver, car cela ne se faisait plus depuis longtemps mais avec un peu de chance, son arrière arrière grand-mère pouvait en avoir conservé un jeu ou deux dans ses affaires. Au pire, elle connaîtrait parmi ses amies quelqu'un qui pourrait lui en fournir. Il suffirait de dire qu'elle voulait faire une plaisanterie à ses amies en portant ces postiches lors d'une sortie entre femmes. Du temps de la jeunesse de ses arrière arrière grands-parents, les faux ongles faisaient encore partie de la panoplie des femmes coquettes, comme les bijoux dont elles se paraient avec plaisir. On pouvait toujours trouver des bijoux fabriqués de façon artisanale avec des matériaux de

48

récupération, mais de nombreux accessoires féminins avaient disparu des magasins en raison de leur coût de fabrication, toute production industrielle ayant été stoppée.

Samale passa son temps jusqu'à la visite prévue au laboratoire entre les soins pour le bébé, qui semblait supporter parfaitement son nouveau traitement, une visite à l'atelier pour quelques ajustements et recommandations de notre père, et la mise au point de son stratagème pour dissimuler le petit dessin. Le mardi soir, elle était prête. Elle s'endormit avec toutes sortes de questions dans la tête, un peu de mal à se détendre vraiment, et finalement, la certitude d'avoir choisi la bonne voie pour l'amour de Georgia.

Le mercredi, elle arriva en avance à l'administration, pressée de rentrer dans le laboratoire, ses mains ornées de faux ongles impeccables. Leur teinte, très proche de la couleur naturelle, ne devait pas attirer l'attention. Pas question cependant de pénétrer dans les lieux avant l'heure convenue. Il fallait attendre. Pour se donner de la patience, assise confortablement dans un fauteuil du hall d'entrée, elle se repassa en mémoire les deux entrevues avec notre aïeule. Perdue dans ses pensées, son regard croisa distraitement celui de l'escorteur qui menait les fouilles à l'entrée, et aussitôt, elle se sentit prise en faute. Elle rougit un peu puis détourna la tête pour qu'il ne devine pas sa gêne. Il était très jeune, et ne devrait donc pas se douter qu'elle portait de faux ongles, car il n'avait certainement pas connaissance de l'existence de ce type d'artifice.

Enfin, ce fut l'heure. L'Escorteur fit signe à Samale pour les vérifications d'usage. Quelques minutes plus tard, elle s'engagea avec lui dans le couloir du laboratoire, en direction du bureau de Loïs. Après quelques délicates politesses, comme Loïs semblait avoir l'habitude d'en dispenser, ils passèrent ensemble trois quarts d'heure à discuter des modalités de leur collaboration. Ils s'entendirent sur une prochaine étape commune, et sur des recherches à effectuer l'un pour l'autre d'ici là. Puis la conversation devint plus détendue, et Loïs paraissant disposer d'un peu de temps, proposa à Samale de prendre une boisson au restaurant du laboratoire. Elle le suivit donc jusqu'à une salle où étaient disposées de hautes tables avec des tabourets, et où il lui offrit un jus de fruits frais. C'était le moment d'aborder le sujet qui l'occupait depuis plusieurs jours. Mal à l'aise dans ce genre d'exercice, elle ne savait comment amener la question du dessin. Elle buvait à petites gorgées pour prolonger la discussion –très riche grâce à Loïs-, qui oscillait des techniques graphiques à la musique, en passant par les astres. Finalement, ce fut lui qui lui tendit la perche.

— Samale, à propos du mystérieux dessin dont vous m'avez parlé, comme je vous l'avais dit, je ne pense pas étudier cela ici, mais si vous le souhaitez, nous pouvons voir cela chez moi car je termine dans une demi-heure. L'avez-vous apporté ?

Elle se sentit soudain délivrée, et décida qu'elle ne pouvait manquer l'occasion. Elle confirma, presque gênée, l'avoir pris avec elle.

— Je vous attends ici ?

Loïs habitait lui aussi tout près de l'administration, dans un appartement qui abritait toute sa famille, avec sa sœur et la fille de celle-ci. Lorsqu'ils arrivèrent chez lui, ils furent accueillis par sa mère et sa grand-mère qui leur offrirent boissons et douceurs. Alors qu'ils se retrouvaient seuls ensuite, Loïs proposa à Samale de lui montrer le dessin. Elle s'était préparée à ce moment et avait profité de son attente à la cafétéria pour décoller son faux-ongle et récupérer le petit croquis. Elle l'avait ensuite placé dans une petite boîte dans son sac, et avait recollé son ongle. Comme elle était sortie de l'administration accompagnée par Loïs, l'escorteur avait fait une fouille rapide et n'avait pas examiné tout le contenu du sac.

— Voici, je vous montre. C'est un dessin qui, je crois, représente un personnage dans un graphisme élémentaire.

Loïs s'approcha pour mieux voir.

— C'est minuscule. Où l'avez-vous trouvé ? Je devine effectivement une silhouette, mais il faudrait observer cela de plus près.
— Eh bien, je l'ai trouvé dans les affaires d'une de mes aïeules, malheureusement décédée aujourd'hui. C'est assez ancien je crois.
— Je vois. Venez dans mon atelier, nous allons regarder cela en détail.

Samale espérait alors que Loïs, avec son expérience et son expertise techniques, découvrirait quelque chose qu'elle n'avait pas vu, et que le dessin livrerait ainsi une partie du secret qu'il pourrait receler.

L'atelier-laboratoire du jeune homme paraissait tout petit comparé à celui de l'administration. Il était situé en annexe de la cuisine familiale, ce qui permettait un accès pratique à l'eau et aux commodités nécessaires aux expériences et recherches les plus diverses. Ce qui frappa ma sœur, c'était l'ambiance créée par la décoration de la pièce. Loïs avait recouvert les murs et le plafond de représentations magnifiquement réalisées de planètes, galaxies et autres images de l'univers. Au milieu de ce décor se trouvait un caisson central assorti d'une multitude de tiroirs et recouvert d'un plan de travail où reposaient quantité d'appareils de mesure divers, de microscopes spécifiques, de fioles et d'outils de toutes sortes. Un vrai repère de chimiste-astronome passionné. La lumière, suivie d'une musique de fond, se mit en marche instantanément lorsqu'ils passèrent la porte. Il n'y avait pas de fenêtre à proprement parler, mais une petite ouverture dissimulée dans la découpe ronde de Mercure, loin dans la galaxie. Si elle n'avait pas su que Loïs travaillait à l'administration, et qu'elle n'avait pas entièrement confiance dans les relations de son mari, Samale aurait pu se poser des questions sur les activités privées de son nouveau partenaire professionnel. Mais le simple fait qu'il lui propose spontanément de l'aider dans sa recherche et de lui ouvrir la porte de chez lui prouvait qu'il ne cachait rien ici. De plus, ils n'étaient pas seuls dans l'appartement et quelqu'un de mal intentionné ne prendrait pas le risque de mettre en péril toute sa famille. D'ailleurs, cet atelier était simplement représentatif de tous les centres d'intérêt que Loïs avaient exprimés dès leur première rencontre, et elle n'avait jamais vu un décor aussi beau : les étoiles, les planètes, tout cela prenait ici une dimension que Samale n'avait jamais soupçonnée.

— C'est magnifique, l'univers qui nous entoure et nous enveloppe. C'est tellement immense.

Loïs sourit.

— Prenez un tabouret, nous allons nous installer sur le plan de travail, et observer votre ongle de plus près.

Samale resta figée.

— Mon… ongle ?
— Oui, votre petit morceau de papier a exactement la taille d'un ongle de pouce. Vous n'aviez pas remarqué ?
— … Tiens, oui,… c'est vrai.

Elle bafouilla, puis, comme pour s'assurer elle aussi que cela correspondait, plaça avec hésitation l'objet sur son pouce. Elle ne savait plus que dire.

— Ne vous inquiétez pas, j'ai tout ce qu'il faut ici pour étudier ce dessin. Ce qui m'a frappé à première vue, c'est le support sur lequel il est représenté. J'ai l'impression que c'est un matériau inhabituel et cela m'intrigue. Je voudrais commencer par analyser cela.

Loïs n'avait pas relevé la gêne de Samale, pourtant il l'avait évidemment perçue. Elle n'osa pas se répandre en paroles inutiles, elle avait l'impression d'avoir été prise en faute, comme s'il avait compris qu'elle mentait sur l'origine du petit bout de papier. Se doutait-il qu'elle lui cachait quelque chose ? L'aurait-il vue, dans le restaurant du laboratoire, alors qu'elle retirait son faux ongle pour en extraire le dessin ? Ou bien quelqu'un de suspicieux lui avait-t-il demandé de la surveiller ? Si c'était le cas, il avait dû en déduire qu'elle avait quelque chose à cacher, puisqu'elle avait dissimulé un objet pour le soustraire à la vigilance de l'escorteur. Elle s'en voulut d'avoir éveillé ses soupçons et de ne pas lui avoir tout raconté directement. Elle s'apprêtait à lui dévoiler comment elle avait obtenu le dessin, mais, relevant brusquement la tête du plan de travail où il s'affairait avec les outils et produits nécessaires, il prit la parole avant elle.

— J'en étais sûr, c'est bien ce que je pensais, c'est du papier photographique !
— Du quoi ?
— Ce n'est pas du papier de dessin, Samale, c'est du papier spécial pour la photographie. C'était très utilisé du temps de nos ancêtres, mais il n'en existe plus maintenant.
— Qu'est-ce qu'une photographie ? Je ne connais pas ce mot.
— Je vais vous expliquer. C'était une technique courante à l'époque, il y a environ deux cents à deux cent cinquante ans je crois, et dont les débuts datent certainement de beaucoup plus loin. Elle permettait de saisir automatiquement et instantanément une image réelle qui s'inscrivait dans la mémoire d'un petit appareil par impression d'un film spécial enroulé à l'intérieur d'un boîtier, pour la faire apparaître ensuite par un procédé tout aussi délicat sur un support spécifique, tel que celui que vous avez trouvé. Ensuite, une autre technique a été

inventée, qui utilisait le procédé numérique, et par laquelle les images prises se trouvaient restituées par données informatisées. Cette dernière a été abandonnée elle aussi depuis.

— Ah bon ? C'est du papier de photographie ? Merveilleux, c'est donc précieux ?

— C'est précieux en effet, car c'est devenu extrêmement rare. Je n'en avais vu qu'une seule fois auparavant, une photographie oubliée parmi une tonne d'archives du département graphique de l'administration. J'ai dû la remettre à mon responsable qui l'a gardée, c'est lui qui m'a expliqué ce que c'était. Il m'avait d'ailleurs laissé entendre que ce procédé avait été abandonné pour de nombreuses raisons plus ou moins écologiques et économiques, mais je n'en sais pas plus.

Samale avait déjà entendu parler de questions similaires à propos d'autres productions, effectivement. Des rejets de constituants toxiques, des matières nocives pour l'homme... mais c'était si loin, on en parlait si peu et comme d'une époque si difficile. La Norme encourageait aux pensées positives, optimistes, et n'incitait pas à revenir sur des périodes qui auraient pu altérer le moral des individus ou leur donner des idées sombres.

Loïs poursuivit.

— Maintenant, on dessine ce que l'on veut garder en mémoire, les moments importants, les visages, les paysages... Pour ce qui concerne votre trouvaille, j'imagine que c'est encore plus précieux du fait de l'attachement affectif.

— J'y suis très attachée, vous avez raison. Mais excusez-moi, Loïs, je voudrais être sûre d'avoir bien compris. Vous dites qu'une photographie, c'est la réalité fixée sur un support papier spécial ?

— C'est bien cela.

— Mais alors, ce qui est représenté existe ou a réellement existé ?

— Tout à fait, c'est une image fidèle de ce qui existe au moment où l'on a pris la photographie.

— Ce n'est pas possible, voyons !

— Pour quelle raison ?

— Mais voyez ce qui est représenté sur cette image ; c'est un être sans nez ni oreilles, sans cheveux, nu et effrayant ! Je l'ai reproduit trait pour trait sur une feuille de papier à la maison, et je suis sûre d'avoir bien vu. Ca ne peut pas avoir existé, c'est impossible !

— Voulez-vous que je vérifie à mon tour ? C'est tellement minuscule. J'ai le matériel qu'il faut pour cela.

— J'ai regardé moi aussi au microscope, Loïs. C'est comme cela que j'ai pu dessiner le personnage aux proportions sur une grande feuille.

Mais Loïs insista et s'appliqua à régler son appareil puissant au plus fort grossissement possible sur le petit bout de papier.

— Voilà, le réglage est fait. On y voit parfaitement et je vais simplement agrandir et projeter le dessin sur un écran devant nous. Un instant, je déroule l'écran.

Il saisit une manivelle et la tourna, ce qui déclencha le déroulement d'un grand écran sur le mur d'en face. Puis, il pressa un bouton sur le microscope, ce qui renvoya l'image sur l'écran, grossie en taille humaine réelle.

Samale retint un cri. Loïs, qui observait l'image, ne lui laissa pas le temps de parler.

— C'est bien ce que vous disiez. On voit que c'est une personne, une femme, plutôt distinguée apparemment, mais monstrueuse.

Ma sœur était atterrée. Elle sentait ses jambes flageoler. L'image grossie à ce point ne laissait aucun doute sur l'identité de la personne photographiée. Cette silhouette, ce regard, cette forme de visage, cette bouche, ce port de tête, c'était Georgia. Georgia sans nez, sans oreilles, sans cheveux ni poils, sans ongles, monstrueuse, inacceptable.

Elle ne pouvait plus articuler un mot. Abasourdie, elle tomba sur une chaise. Loïs, qui avait saisi dès leur première conversation sur le sujet l'importance de la chose pour elle, se sentit dépourvu devant la réaction de la jeune femme. Face à son désarroi, il préféra attendre qu'elle reprenne ses esprits avant de la questionner.

— Voulez-vous un verre d'eau ou autre chose ?
— Vous devez vous tromper. Ca ne peut pas, ça n'a jamais représenté la réalité. Mon aïeule Georgia n'est pas du tout comme cela. Cette image lui ressemble, mais ce n'est pas elle. Je l'ai vue récemment, il y a quelques mois seulement. C'est une personne des plus élégantes, très apprêtée, très belle. Ca ne peut pas être elle.

Samale était bouleversée, il était évident qu'elle était incapable de s'exprimer calmement pour l'instant. Tout cela intriguait Loïs, qui devinait qu'elle ne lui avait peut-être pas tout dit, puisqu'elle avait d'abord prétendu que son aïeule était morte. Il n'avait donc pas toutes les cartes en main, et, qui plus est, ne la connaissait pas suffisamment bien pour se faire une idée précise de la situation. Qui était-elle ? Pourquoi cachait-elle des choses ? Son mari était-il au courant de cette histoire ? D'où venait réellement cette photographie, alors qu'on n'en trouvait plus depuis longtemps ? Georgia existait-elle vraiment ? Devait-il en parler à son supérieur ? Autant de questions qui restaient en suspens pour l'instant.

Après avoir retourné toutes ces questions dans son esprit, une seule chose lui paraissait devoir retenir son intérêt. La curiosité l'emportait devant toute autre considération. Cette histoire de photographie retrouvée était une aubaine pour le passionné de science et d'art qu'il était. Il avait beaucoup à apprendre et à découvrir avec cette trouvaille. Et puis il y avait autre chose, qu'il osait à peine s'avouer. Samale était charmante. Elle avait l'air sensible et le touchait profondément car il avait l'impression de lui ressembler. Il avait envie de l'aider à élucider ce qui semblait tant l'affecter, à trouver une explication, car il y en avait une évidemment. Il regarda sa petite horloge posée sur le plan de travail.

— Venez, Samale, allons manger, c'est l'heure.

Il entraina ma sœur, toujours silencieuse, hors du laboratoire et jusqu'à la table de la cuisine, où le dîner était servi. Devant ses parents, il meubla la conversation pendant toute la durée du repas en décrivant ses dernières découvertes d'astronomie.

Samale ne toucha presque pas son assiette et il s'empressa de la retirer dès la fin du service, afin de ne pas attirer l'attention. Quelqu'un qui ne mange pas est quelqu'un de potentiellement malade, ce qui nécessite presque aussitôt un diagnostic médical. Après avoir débarrassé, il s'approcha d'elle.

— Ecoutez, Samale, je pense que vous avez besoin de vous reposer un peu. Rentrez chez vous, occupez-vous de votre fils, retrouvez les vôtres, dormez. Je garde votre précieux dessin ici dans mon laboratoire, à l'abri. Ne vous inquiétez pas, personne n'y entre sans moi, personne n'en saura rien. Contactez-moi à l'administration quand vous voudrez.

Ma sœur se sentait si lasse. La proposition de Loïs lui permettait de s'éloigner quelque temps de la source de son abattement, et elle y céda volontiers. Elle devait faire ce que Loïs lui disait, lui faire confiance.

— Rentrer chez moi, m'occuper de mon fils, être avec ma famille… oui, c'est cela qu'il faut faire. Oublier cette image cauchemardesque, qui ne peut être qu'un mauvais rêve, un malentendu, une erreur. Georgia n'a pas pu vouloir me montrer cela. Ça n'a pas de sens, ça n'existe pas.

Dans la rue sur le chemin du retour, elle leva la tête et regarda en l'air : un nuage sombre masquait en partie le soleil radieux.

De retour à l'appartement familial, elle s'appliqua à retrouver ses gestes quotidiens, son cadre, sa régularité de vie tellement rassurante. Tout ce qui lui procurait le fondement indispensable à son équilibre. Elle discuta avec nos parents, elle vint prendre de mes nouvelles, elle regarda longuement son fils, merveilleusement beau. Elle parvint à retrouver un peu de sérénité.

Quelques jours passèrent et avec le temps, les évènements qui s'étaient déroulés chez Loïs lui semblaient moins dramatiques, moins forts. La raison reprenait le dessus sur l'émotion. Un matin, alors qu'elle venait d'habiller son fils riant aux éclats à ses grimaces, elle se sentit assez gaie et forte pour être capable de revenir sur le sujet de l'ongle, et regarder à nouveau l'image. Elle ressortit de la jolie boîte la feuille de la reproduction, qu'elle avait pliée soigneusement et cachée à l'intérieur. Le personnage y était beaucoup moins saisissant que dans le laboratoire de Loïs, car la ressemblance avec Georgia n'y était pas reproduite, le coup de crayon de ma sœur n'étant pas assez précis. Pourtant, il lui semblait reconnaître encore une fois la forme du visage, l'attitude, la corpulence… Cela pouvait être elle, oui.

Elle décida de rejoindre notre mère, occupée à ranger du linge dans les armoires de sa chambre.

— Maman, aurais-tu des dessins de notre aïeule Georgia, dans tes affaires ? J'ai vu des représentations de tant de nos ancêtres que je ne me rappelle plus l'avoir repérée parmi eux. Lorsque je l'ai rencontrée pour de vrai, elle ne m'était pas complètement inconnue, mais presque. A présent, j'aimerais la revoir en dessin.

— Bien sûr, j'ai des quantités de croquis où elle apparaît. Comme elle était toujours très remarquée dans les cérémonies et les fêtes grâce à son élégance, elle était très dessinée.

— Tu n'as que des dessins ?

— J'ai beaucoup de dessins, mais j'ai aussi quelques collages, qui sont bien sûr moins ressemblants. Et puis j'ai surtout une peinture magnifique, faite par son mari qui est un artiste. Elle est rangée précieusement dans le bureau de ton père, car elle nous a été confiée par Georgia lorsqu'elle est entrée dans le centre des Anciens. Je crois qu'elle y tient tout particulièrement.

Tout en discutant, notre mère cherchait les albums qu'elle conservait avec soin sur les étagères recouvrant les murs du salon, et qui côtoyaient les livres sur la musique, les fleurs, et tout ce qui intéressait la famille. Elle en sortit plusieurs, qu'elle tendit à Samale. Ma sœur étala les albums sur la grande table, et entreprit de les ouvrir un par un à la recherche de dessins sur lesquels Georgia apparaîtrait. Elle n'eut que l'embarras du choix effectivement : qu'elle soit seule ou accompagnée, Georgia inspirait beaucoup. Elle constata avec soulagement, mais peu de surprise, que ces représentations étaient tout à fait conformes à son souvenir. C'était évidemment bien la Georgia qu'elle avait rencontrée, avec ses beaux cheveux brillants, attachés en chignon ou bien simplement déployés sur ses jolies épaules, ses cils épais, ses oreilles parfaitement rondes, et … ses ongles toujours impeccables. Rien d'autre dans ces albums que des dessins et des collages. Pas de photographie, et rien d'approchant. Pas de surprise non plus avec la peinture que notre mère était allée chercher entre-temps : elle représentait Georgia dans toute la constance de son savoir-paraître. C'était cependant une très belle peinture, pleine de vie et d'émotion, et qui retint l'attention de Samale quelques minutes. Elle hésita à aller questionner ses ancêtres sur le sujet des photographies. Etant donné leur âge, il se pouvait bien que certains d'entre eux connaissent cette technique de l'image. Mais elle craignait d'éveiller trop de curiosité, ou même d'inquiétude, en paraissant préoccupée ou insistante, et préféra remettre le sujet à plus tard si l'occasion se présentait.

Ma sœur avait prévu d'aller à l'atelier le lendemain, afin de faire avec notre père un nouveau point sur l'avancée de son projet, à partir des derniers éléments recueillis. Ces recherches étaient passionnantes, et elle ne regrettait pas sa décision de reprendre une activité. D'autant que dans la famille, nous étions ravis de nous partager la garde du bébé pendant ce temps. La concentration que son nouveau travail lui demandait lui permettait en outre d'amener ponctuellement son esprit hors du champ fermé du sujet qui l'obsédait. Elle repensait tout de même de temps à temps à Loïs. Elle avait promis de le rappeler, et si elle ne le faisait pas, comment expliquer à son mari et à notre père qu'elle ne souhaitait plus poursuivre ? C'était trop tard pour faire machine arrière à présent, elle ne pouvait plus se défiler. Elle n'eut pas le temps de mener plus loin ses réflexions, car notre mère l'appelait depuis le séjour. Loïs était au téléphone et demandait à lui parler. Elle prit le combiné avec fébrilité.

— Bonjour Samale. Comment allez-vous ? Je souhaiterais vous voir, j'ai avancé par rapport à votre question personnelle.
— Ah ? Vous avez découvert quelque chose ? Ce n'est pas ce que vous croyiez ?

— Non, Samale, il ne s'agit pas de cela, je suis désolé. Mais je ne peux pas vous en parler au téléphone. Pouvez-vous passer cette fin de semaine ? Je vous expliquerai.

— Je vous rappellerai samedi ou dimanche.

— Très bien. Et ne vous inquiétez pas jusque-là. Soyez confiante.

Samale avait besoin de quelques jours de répit supplémentaires avant de retourner chez Loïs. Elle craignait ce qu'il pouvait lui annoncer. Mais en même temps, comment vivre avec tant d'incertitude ? C'était contraire aux préceptes de la Norme. Elle décida d'attendre le lendemain soir pour prendre une décision. Elle comptait sur la journée de travail prévue à l'atelier avec notre père, et à la stabilité et la solidité qui émanaient de ce lieu laborieux, pour lui donner la force d'affronter l'obstacle. Elle devait aussi appeler son mari avant le soir pour lui donner des nouvelles du bébé et lui décrire ses progrès.

— Comment va mon fils ?

La question était devenue un rituel, et ma sœur ne se faisait jamais prier pour raconter avec force détails toutes les petites activités du bébé, chaque évènement, chaque anecdote depuis le dernier appel ou la précédente visite. Ces discussions étaient pleines de gaieté et leur donnaient à tous deux beaucoup de plaisir.

— Au fait, comment cela s'est-il passé avec Loïs ? Je n'ai pas eu le plaisir de le croiser ces derniers jours. Avez-vous trouvé des sujets d'échange de compétences ?

Il n'était pas encore question pour Samale de parler à son mari de choses trop excentriques, lui qui n'était au courant de rien. Elle resta vague.

— Tout à fait. Loïs est très ouvert et curieux de tout dans le domaine du graphisme et de l'art. Il m'a fait part de ses attentes et m'a demandé les miennes. Nous nous sommes entendus sur les termes de notre collaboration. Je pense que chacun de nous saura y trouver son compte.

Le courage lui manquait pour aller plus loin dans cette discussion. Elle sentait qu'elle n'aurait pas la force de raconter, et se rendit compte qu'elle avait peur. Peur d'une découverte monstrueuse, peur d'elle-même aussi, et de sa propre réaction face à cette histoire.

Pourtant, le lendemain à l'atelier, elle se sentit mieux. Le rythme de travail, l'activité, le découpage efficace de la journée, l'assurance et l'autorité de notre père la rassurèrent. Elle parvint à reconsidérer les choses, à regarder uniquement les faits, qui pour l'instant n'avaient pas un fondement bien solide. Elle tenta de reformuler pour elle-même la situation de la façon la plus détachée possible. Georgia lui avait fait passer une image, qui se trouvait sur un support datant de son époque, et qui représentait une personne lui ressemblant, et dépourvue de certaines parties du corps. Des parties que l'on pourrait juger inutiles d'ailleurs, puisque les ongles, cheveux, poils, ou même nez et oreilles en leurs éléments externes n'avaient pas vraiment de fonction importante pour qui que ce soit. Elle voulait revoir l'image. Elle décida de rappeler Loïs.

— Puis-je passer chez vous demain ?
— Je vous attends, venez dès que vous êtes prête.

Lorsqu'elle retrouva l'ambiance du laboratoire-atelier de Loïs, elle fut instantanément envahie de sentiments contradictoires. Elle se sentit à la fois effrayée et attirée par l'originalité et la magie de ce lieu si particulier, l'ambiance mystérieuse et douce, presque hors du temps, qui émanait à la fois des nombreuses images sur les murs et du fond musical, et en même temps la force et la laideur du souvenir de sa dernière visite, et de l'image projetée en grand devant ses yeux. Tout cela causa en elle beaucoup de remous. Elle espérait secrètement qu'elle ne verrait pas la même chose cette fois-ci, et que l'image aurait changé, qu'elle pouvait l'avoir rêvée ou inconsciemment déformée.

— Loïs, vous souvenez-vous de ce personnage, cet être monstrueux ? L'ai-je rêvé ?
— Chère Samale, je pense que le mieux est de vous en assurer par vous-même. Vous aviez l'air décidée au téléphone, et je ne pense pas que vous soyez une personne à refuser les épreuves, si tant est que c'en soit une. Je reste là avec vous et je vous apporterai tout le soutien que vous me demanderez.

Loïs avait su trouver les mots pour que ma sœur se sente à nouveau en confiance. Sans discuter plus avant, elle s'approcha de l'appareil qu'il avait pris soin de préparer avec la photographie, juste avant qu'elle n'arrive. Elle appuya elle-même sur le bouton qui le mit en marche. Dès le premier coup d'œil sur l'écran, Georgia lui apparut de façon évidente. Son regard, surtout, le même que lorsqu'elle l'avait vue au centre des Anciens. Une émotion indescriptible l'envahit. Elle devait maintenant se confier à Loïs avec franchise, car elle avait besoin de s'appuyer sur lui.

— Loïs, c'est incompréhensible. Cette personne, je la reconnais bien. C'est mon arrière arrière arrière grand-mère. Je l'ai vue récemment, à l'occasion de mon mariage puis pour la naissance de mon fils. C'est elle qui s'est arrangée pour que je trouve cette photographie. Mais lorsque je l'ai rencontrée, elle n'avait rien de commun avec cette image, elle était comme sur tous les dessins qui la représentent, magnifique et très attirante. Pourtant, je sais que c'est elle sur cette image.

— Je comprends. Vous ne m'aviez donc pas raconté la vérité, lorsque vous m'avez dit avoir découvert cette photographie par hasard. Ce n'est rien mais à présent, je vous demande de ne rien me cacher si vous voulez que je vous aide.

— Bien sûr, Loïs, excusez-moi. Je ne sais pas pourquoi je vous ai menti. Je pense que mon aïeule voulait que je voie cette photo. C'est pour cela qu'elle s'est arrangée pour me la transmettre. J'ai l'impression qu'elle voulait me livrer un message, mais je n'ai aucune idée de ce que cela signifie.

— Je ne sais pas non plus. Pendant votre absence, j'ai examiné à nouveau cet objet, il est tout à fait authentique. Ce que je peux vous dire, et c'est pour cela que je vous appelais l'autre jour, c'est que cette photographie est relativement récente. Elle a été prise il y a cinquante à cent ans tout au plus. Cela signifie que contrairement à ce que je pensais, on utilisait encore des appareils de ce type à cette période, ce qui est une grande surprise pour moi.

— Cinquante à cent ans. Mais comment est-ce possible ? Comment Georgia pouvait-elle ressembler à cela il y a cinquante ans ? Vous vous trompez certainement.

— Je le pensais aussi. C'est pourquoi je me suis permis de demander son avis à un de mes amis, un technicien. Il travaille actuellement dans un bureau d'ingénierie, et dispose d'une formation dans les Arts Graphiques lui aussi. Il était à l'école avec moi. Il a eu les mêmes conclusions lorsqu'il a analysé votre photographie. Ne vous inquiétez pas, je ne lui ai pas donné votre nom ni raconté quoi que ce soit. Nous avons l'habitude d'échanger sur des questions personnelles ou professionnelles, sans avoir besoin d'en savoir plus.

— Mais que va-t-on faire à présent ? Je suis perdue, je ne comprends pas ce qui se passe soudain. Et je ne peux plus aller voir Georgia maintenant.

— J'y ai réfléchi. Il faut procéder par étapes. Et la première à mon avis, c'est de vérifier que c'est bien votre aïeule sur la photographie. Je pense qu'il n'y a qu'une seule personne qui puisse nous aider. C'est votre frère.

— Mon frère, Visam ? Pour quelle raison ? Je ne lui ai même pas parlé de tout cela et je n'avais pas l'intention de le faire pour l'instant.

— Georgia n'est-elle pas son ancêtre à lui aussi ?

— Si évidemment. Et alors ?

— Vous m'avez dit que sa femme et lui attendaient un bébé pour bientôt, n'est-ce pas ?

Samale se souvint qu'elle avait parlé de moi à Loïs lors d'une conversation. Elle comprit où il voulait en venir en même temps qu'elle prononçait ces mots :

— C'est bien ça. Le bébé sera à terme dans quelques jours, et
…

Ils finirent ensemble le raisonnement :

— Etant donné que la femme de Visam n'a plus de famille chez les Anciens, c'est le père qui rend visite à sa propre aïeule avec le bébé, comme le prévoit la règle dans ce cas.

Loïs et Samale étaient d'accord. Il fallait faire en sorte de me convaincre de montrer le dessin reproduisant le personnage de la photographie à Georgia, et de guetter ma réaction. Ma visite était prévue quelques jours après la naissance du bébé, et l'occasion était unique avant longtemps. Mais il fallait trouver une façon de me présenter la chose. Ma sœur et moi nous connaissions bien. Si elle prenait le risque de me parler ouvertement, je sentirais immédiatement que quelque chose l'inquiétait et je demanderais des explications. Or, elle se refusait à avertir qui que ce soit dans la famille tant qu'elle n'aurait pas de preuve qu'il s'agissait de quelque chose de vraiment important. L'implication affective de chacun de nous dans tout ce qui touchait au noyau familial était trop forte pour qu'elle prenne le risque de nous perturber inutilement. Elle se demandait ce que j'allais penser d'une telle image, si ce n'était une mauvaise farce ou l'œuvre d'un fou. Pour elle, j'étais une personne pragmatique et de bon sens, je ne vivais pas la tête dans les étoiles comme Loïs, ni dans un environnement artistique. J'étais professeur de mathématiques.

— Votre frère est votre seule chance d'avoir confirmation qu'il s'agit bien de Georgia. Réfléchissez. Il doit bien y avoir un moyen d'aborder cela avec lui.

Petit à petit, une idée mûrissait dans la tête de Samale. Elle allait me montrer le dessin en m'expliquant qu'il s'agissait d'une réalisation de son fils, ce qui était très exceptionnel pour son âge. Ainsi, elle justifierait de vouloir faire découvrir à notre aïeule un dessin précoce d'un de ses arrière arrière arrière petit-fils. Elle me demanderait ensuite de lui raconter l'entrevue et connaîtrait ainsi la réaction de Georgia. Il ne resterait plus qu'à interpréter au plus juste cette réaction. Pour cela, elle avait suffisamment confiance en ses propres capacités d'intuition et de déduction. Elle n'avait pas de doute que ce soit notre aïeule qui soit représentée sur l'image, mais Loïs avait raison de vouloir vérifier, et peut-être que la réaction de Georgia leur permettrait de comprendre la signification du message.

Samale salua Loïs et sa famille, elle souhaitait rentrer pour passer du temps avec son fils. Elle prévoyait déjà de me parler le soir même après le dîner. J'avais toujours eu beaucoup d'affection pour ma sœur, avec laquelle j'avais partagé tant de moments merveilleux du quotidien. Je veillais sur elle, elle me faisait rire par ses pitreries, par son caractère, que je trouvais fantasque. J'avais épousé plusieurs années auparavant une de ses très bonnes amies, mais nous n'avions pas souhaité avoir d'enfant trop rapidement. Lorsque ma sœur s'était mariée et qu'elle avait décidé d'avoir un bébé, nous nous étions dit que ce serait bien d'avoir un enfant qui ait à peu près le même âge, pour qu'ils puissent grandir ensemble eux aussi, et avoir des centres d'intérêt communs. Ma femme et moi étions allés au centre d'insémination artificielle, et la seconde tentative avait porté ses fruits. Nous attendions une petite fille dont la sortie était prévue pour la semaine suivante. La visite traditionnelle à Georgia pouvait donc être envisagée dans les quinze jours.

Après avoir couché son fils, Samale ouvrit la boîte, prit son dessin et redescendit au salon où la famille aimait traditionnellement passer un moment avant l'heure du coucher. Elle m'entraîna dans un coin de la pièce, comme lorsque nous étions petits et que nous nous amusions à préparer ensemble un petit spectacle pour nos parents, inventant un monde imaginaire. Ma sœur savait créer en quelques minutes des personnages, des costumes, et moi j'apportais la touche technique, les « effets spéciaux ». Nous improvisions un texte qui reprenait un évènement de la journée, une visite, une blague que nous avions retenus, et à partir de là nous appliquions à modifier l'histoire pour la rendre extraordinaire. La représentation était toujours très gaie et finissait souvent dans un éclat de rire général. C'était la touche finale qui clôturait chaque journée, comme un rituel personnalisé pour toute la famille. Depuis l'âge adulte, nous ne faisions plus de spectacle, mais les discussions n'en étaient pas moins animées et joyeuses.

— Visam, j'ai ici un dessin, qui a été réalisé par mon fils dernièrement, et qui à mon avis est très réussi. Je sais que Georgia aime beaucoup la peinture et le dessin, et j'aurais voulu que tu lui montres lorsque tu lui rendras visite prochainement. Tu ne lui laisses pas s'il te plaît, car je souhaite le conserver, tu lui montres simplement. Si tu es d'accord, je le garde d'ici là et je te le confierai juste avant la visite.

— Montre-moi. Ah, c'est très étrange, comme dessin. On dirait un personnage. Comme tu voudras, je lui montrerai, si cela te fait plaisir.

— Oui s'il te plaît, j'y tiens beaucoup.

J'avais l'habitude des petites originalités de ma sœur, qui avait toujours eu beaucoup plus d'imagination et de fantaisie que moi. Je ne voyais pas toujours où elle voulait en venir avec ses idées de rêveuse, mais j'aimais ce petit grain de folie en elle. Elle me surprenait. Et puis on sait que les mères voient souvent dans leurs enfants chéris des génies en herbe, et Georgia comprendrait cela également. Certaine que je saurais m'acquitter parfaitement de ma mission, Samale annonça qu'elle allait se coucher, souhaitant bonne nuit à chacun et retournant dans sa chambre pour replacer soigneusement le dessin à sa place. Elle regarda un moment dormir son fils au doux visage d'ange. Tiens, elle n'avait jamais remarqué ce minuscule petit point marron clair sous son œil. Il faudrait en parler au médecin lors de la prochaine visite. Enfin, elle s'allongea car il était l'heure.

Les jours passèrent. Samale consacrait du temps à travailler avec notre père à l'atelier. Ils avançaient bien grâce aux pistes indiquées par Loïs. Puis vint le jour du terme de mon bébé. C'était une petite fille, très belle, qui nous remplissait déjà de bonheur. Ces naissances successives produisaient dans la famille des joies répétées qui envahissaient le quotidien. J'annonçai enfin la date de mon rendez-vous au centre des Anciens, et ma sœur décida d'attendre la veille du jour de cette visite pour me reparler du dessin et me confier le document. Ainsi, pensait-elle, je risquerais moins de l'oublier. Le matin venu, j'eus juste le temps de passer chez ma femme pour prendre le bébé et partir au centre. Je glissai la feuille en-dessous des autres dessins représentant ma famille et celle de ma femme, destinés à Georgia, et promis à Samale de faire ce qu'elle m'avait demandé. Elle avait prévenu Loïs de la date de cette visite, car elle ne se sentait pas capable de mener toute seule la lourde investigation dans laquelle elle s'était lancée, et elle avait besoin de se reposer sur lui. Ainsi, quelle que soit la conclusion de ma visite, elle envisageait déjà de s'en remettre totalement au jugement de son nouveau partenaire. Ils avaient convenu de se retrouver à l'administration le lendemain ou surlendemain au plus tard, lorsqu'elle aurait eu mon retour sur la réaction de Georgia. En attendant, Loïs conservait la photographie chez lui dans son laboratoire, à l'abri des indiscrétions. Ma sœur avait imaginé les différents scenarii possibles durant ma visite : soit Georgia ne reconnaissait pas le dessin, et elle n'aurait qu'une réaction modérée d'hésitation sur ce qui serait potentiellement la naissance d'un petit artiste, soit elle le reconnaissait et elle ne pourrait que montrer une grande satisfaction. En effet, si c'était bien elle qui avait voulu faire passer l'objet, elle devrait même être soulagée de voir qu'il avait été pris en compte, et comprendre que Samale n'avait pas trouvé d'autre moyen de l'en informer qu'en passant par son frère. Il ne restait plus qu'à patienter.

Lorsque je rentrai, après ma visite au centre et une fois ma fille endormie redéposée chez ma femme, ma sœur se tenait debout dans l'entrée, impatiente. Elle se retint toutefois de me solliciter dans la seconde pour savoir comment j'avais perçu l'attitude de notre aïeule. Ce fut notre mère, toujours curieuse de nouvelles des Anciens, qui s'en chargea. Je m'adressai donc à elle.

— Georgia a l'air d'aller très bien, maman. Je pense que c'est une personne très solide et physiquement toujours pleine de ressources. Elle a été particulièrement intéressée par les dessins que je lui avais apportés. Elle les a regardés attentivement, puis elle a voulu voir le bébé, que je lui ai présenté à travers la vitre. Elle a eu l'air touchée.

Notre mère étant satisfaite, Samale attendit un moment qu'elle s'éloigne, puis elle me demanda :

— Et pour le dessin que je t'avais confié ? Quelle a été sa réaction ?
— Eh bien, tu avais raison, elle m'a paru particulièrement sensible à ce dessin, car elle a montré rapidement un grand sourire et un air de satisfaction lorsqu'elle l'a vu. Il m'a même semblé comprendre que c'était elle qui était représentée sur ce dessin. Enfin je crois que c'est ce qu'elle voulait dire. Elle est d'ailleurs repartie avec tout ce que je lui avais apporté, et n'a pas semblé surprise que je garde la feuille.

Après un tel témoignage d'intérêt, Samale se sentie convaincue. La réaction de son aïeule prouvait que c'était bien elle qui avait voulu faire passer cette image et qu'elle souhaitait donc transmettre un message. Dès le lendemain, elle appellerait Loïs pour l'informer, et pour qu'ils conviennent ensemble de la suite de leurs recherches.

Ils se retrouvèrent sans tarder au laboratoire de l'administration, après un détour au bureau de son mari pour lui donner des nouvelles de son fils. Elle n'avait pas trouvé avec lui les mots pour évoquer l'histoire autour de la photographie. C'était déjà assez compliqué de garder le secret vis-à-vis de ses parents et de son frère. Elle avait peur de s'emmêler les idées et de ne plus savoir quoi dire et à qui. Lorsqu'elle avait eu Loïs en ligne le matin en revanche, leur conversation avait pris un tour passionné, à leur propre surprise d'ailleurs. Loïs avait l'air de s'impliquer de plus en plus, et il considérait l'attitude de Georgia comme une preuve qui permettait de poursuivre sur une base solide. Ils avaient maintenant la certitude qu'elle avait sciemment et secrètement fait passer à sa descendante une photographie d'elle-même, qui non seulement ne correspondait pas du tout à son apparence actuelle, mais la montrait telle une sorte de monstre. Il restait à savoir ce qui se cachait derrière cette transformation physique peu attirante, voire cauchemardesque. Mystère d'autant plus étonnant venant d'une personne qui avait toujours soigné particulièrement son image. Avec Samale, après s'être contraints avec difficulté à traiter en priorité les questions relatives aux dossiers de l'atelier et de l'administration, ils se retrouvèrent assis face à face à une table haute du restaurant pour essayer de se détendre et de réfléchir devant une boisson. Grâce au calme et à la sérénité de Loïs, elle éprouvait moins l'affolement et l'envie de déni des premiers moments. Elle se sentait plus en sécurité avec lui, elle n'était pas seule. Toutefois, elle ne lui parla pas des sensations étranges qu'elle vivait par moments lorsqu'elle attrapait son verre froid, ou lorsqu'elle trempait ses lèvres dans le liquide. Elle ne lui raconta pas non plus que le médecin avait été surpris et lui avait conseillé de consulter lorsqu'elle lui avait expliqué qu'elle voyait sous l'œil de son bébé une minuscule tache brun clair, certainement une tache de rousseur avait-il dit, que personne d'autre ne voyait. Elle se rendit compte alors qu'elle avait passé plus de temps ces dernières semaines avec Loïs qu'avec son propre mari. Jamais elle n'aurait imaginé qu'une seule visite à un Ancien, aussi importante soit-elle, ait pu déclencher dans sa vie bien réglée de tels chamboulements. Heureusement, la Norme n'était pas complètement remise en cause, l'équilibre pouvait donc encore être préservé.

— Que pensez-vous de tout cela, Loïs ? Comment une personne pourrait-elle avoir deux apparences aussi éloignées ? C'est impossible, n'est-ce pas ?
— Selon nos critères, évidemment, c'est impossible. Mais l'étude de l'univers, et notamment de la vie sur d'autres planètes, m'a déjà permis de soupçonner des choses similaires. Des êtres différents, dont les caractéristiques physiques se seraient adaptées à leur environnement et à leurs besoins…
— Que voulez-vous dire ?
— Eh bien, il est connu que la vie se développe selon les nécessités de l'environnement. Par exemple, des êtres aux caractéristiques proches des humains existeraient dans l'univers sans poumons, parce qu'ils sont apparus sur une planète sans oxygène. Leur corps est naturellement adapté.
— Je comprends. Mais dans notre cas, pourquoi le corps de mon aïeule aurait-il eu à s'adapter ? Pourquoi de cette manière ? Pourquoi elle ?
— Je n'en sais rien, mais entre autres hypothèses, l'épidémie qui a touché nos ancêtres a été très violente puisqu'elle nous a obligés à les isoler jusqu'à leur mort. Qui plus est,

elle les a rendus presque sourds. A quoi servent alors des organes comme les oreilles ? Tout cela n'est que supposition, mais qui sait si cette épidémie n'a pas eu d'autres effets que personne ne connaît, ou même, que l'on nous aurait cachés ?

— Même si c'est peu probable, c'est possible évidemment. Ne serait-ce que pour ne pas nous effrayer par exemple, et dans ce cas, si je vous suis, il s'agirait plutôt d'une adaptation forcée et très rapide. Mais cela signifierait que la vraie Georgia est celle de la photographie. C'est difficile à accepter, Loïs. Pourquoi la vraie ne serait pas celle que j'ai vue au centre des Anciens, dans les albums de ma mère, sur le tableau peint par son mari ? Et par ailleurs, qui aurait pris cette photographie, alors qu'on ne trouve plus d'appareils pour cela, comme vous l'avez dit vous-même.

— Samale, si vous aviez une apparence réelle et une apparence fausse, et que personne ne vous oblige à exhiber la vraie, laquelle montreriez-vous de préférence ?

— Je montrerais la plus flatteuse, sauf si je tiens à ce que l'on me voie telle que je suis vraiment.

— Votre aïeule montre habituellement la plus flatteuse, mais elle a voulu que vous la voyiez telle qu'elle est vraiment. Pour ce qui est de la prise de cette photographie, je n'ai pas d'explication.

Un lourd silence s'installa, comme une pause nécessaire pour reprendre sa respiration. Samale ne parlait plus. Son regard était perdu et souffrant. La réaction récente de Georgia lors de ma visite attestait logiquement la réalité de son état physique. Loïs voulut amener ma soeur à prononcer elle-même la conclusion, seule solution pour qu'elle ne la refuse pas étant donné son implication affective. Cette conclusion vint après plusieurs longues secondes de silence, pendant lesquelles chacun semblait ne plus pouvoir décrocher son regard, ni elle du sol, ni lui de Neptune.

— Loïs, mon aïeule est un monstre. Un monstre que tout le monde voit comme une charmante vieille dame, et qui nous oblige maintenant à regarder sa laideur.

Loïs ne répondit pas. Il n'avait aucune idée de ce que cette phrase pourrait avoir plus tard comme répercussion dans l'esprit de Samale... ni dans le sien, car il sentait qu'il pourrait se laisser gagner par l'affection qu'il se devinait pour la jeune femme. Par ailleurs, il ne savait pas s'il devait lui avouer les résultats de la réflexion qu'il avait menée avant de la revoir. Son inconscient à lui étant moins directement touché, aucune hypothèse n'en était repoussée. Fallait-il lui dire qu'en tant que scientifique, il pencherait plutôt pour l'existence de plusieurs cas et non un seul ? Si c'était l'épidémie qui avait causé cette transformation, elle ne pouvait pas avoir affecté une personne seulement. Si ce n'était pas l'épidémie, étant donné le soin que la vieille dame avait toujours semblé accorder à sa santé, il y avait peu de raisons pour qu'elle soit l'unique personne concernée. Cependant et contrairement à ses attentes, Samale poursuivit d'elle-même, comme si elle avait pu lire dans ses pensées :

— Cela signifie que d'autres personnes ont pu être touchées par ces symptômes, n'est-ce pas ?

Il ne répondit pas là non plus. Ce n'était pas nécessaire. Il ne voulait pas la brusquer, et lui-même ressentait soudain de l'abattement et une grande tristesse.

— Je vais rentrer.

Samale ne pouvait plus supporter la tension causée par leur échange à mi-mot. Elle se leva tel un robot et quitta le restaurant sans se retourner, laissant Loïs seul et impuissant.

Dans le grand hall de l'administration, elle leva la tête et regarda en l'air, puis pressa le pas pour sortir. Le toit, avec son plafond intérieur en forme de coupole, ressemblait à une grande cloche opaque qui voulait se refermer sur elle.

Depuis sa naissance, ma sœur avait été éduquée comme nous tous dans le respect de la Norme. Respect de la régularité et de la prudence optimale pour tous les actes de la vie, contre la propagation de toute nuisance portant atteinte à la santé ou à la préservation de l'environnement, ainsi qu'à la fraternité entre les hommes et au respect inaltérable de la valeur de la famille. Rien ni personne n'était jamais venu perturber durablement ces règles, ce qui avait permis de construire pas à pas la vie saine et sereine à laquelle chacun aspirait. Le « cadeau » de notre aïeule était empoisonné, car non seulement il venait briser cette sérénité, mais en plus il remettait en cause le principe fondateur de bienveillance des ancêtres pour leurs descendants. Samale se sentait donc trahie, démunie, perdue, profondément malheureuse. C'étaient les bases de sa vie qui avaient été ébranlées de manière brutale et irréversible, elle le sentait. Même le cadre si confortable et enveloppant de l'appartement familial ne parvenait pas entièrement à la rassurer. Même la beauté, l'innocence de son fils, n'y faisaient rien. Elle repensa alors aux discussions que nous avions lorsque nous étions petits, avec nos parents, dans la douceur du foyer. Ceux-ci abordaient beaucoup de sujets qui pouvaient se poser à nous un jour. Une fois, au cours d'une de ces discussions, nous avions évoqué Dieu. Un Dieu universel, une forme d'esprit supérieur et bienveillant pour tous les hommes. Samale prenait conscience qu'elle n'avait jamais eu besoin de lui jusqu'à présent, car la Norme le remplaçait avantageusement, dictant à chacun de manière concrète la meilleure façon de mener sa vie pour lui-même et pour son entourage. Dieu existe peut-être, mais elle dut constater qu'il ne venait pas se présenter de lui-même lorsque les doutes envahissaient son esprit ce jour-là.

Le lendemain matin, elle se réveilla très perturbée. Elle appela Loïs juste après son petit déjeuner.

— Je crois que j'ai fait un cauchemar. J'ouvrais les yeux dans la nuit, et vous étiez penché sur moi. Du moins, je reconnaissais votre regard mais pour le reste… vous ressembliez à la photographie !

Loïs rassura Samale. Il lui dit que c'était une réaction normale. Son inconscient devait certainement se protéger ainsi du choc émotionnel qu'elle avait subi. Il ne fallait pas lutter contre ces manifestations naturelles de réaction psychique, au contraire. Il fallait les accepter et être patient. Elle allait reprendre le dessus et cela la rendrait encore plus forte. Il promettait de la tenir au courant de ses recherches, qu'il poursuivait de son côté. Pour l'instant, il ne pouvait pas lui en dire plus. Il la rappellerait très vite, dès qu'il le pourrait. Qu'elle se repose et qu'elle n'en parle à personne. Elle répondit qu'elle était d'accord, et raccrocha.

Cependant, malgré les paroles encourageantes de Loïs, elle continua à faire des cauchemars presque chacune des nuits suivantes. Malgré ses occupations à l'atelier, auprès de son fils, de la famille, malgré ses visites à son mari, qui se montrait toujours attentif et affectueux, elle ne trouvait pas la paix. Le doute s'était installé, et elle n'avait rien pu faire. Le doute qui était l'ennemi de la Norme. Si Georgia n'était pas celle qu'elle paraissait, si d'autres n'étaient pas ceux qu'ils paraissaient, alors qui étaient-ils ? Et ses parents, qui vivaient avec elle, les collègues de l'atelier, les voisins ? Et elle-même, finalement, était-elle sûre de savoir qui elle était ? Elle ne pouvait plus continuer à faire comme si de rien n'était. Elle avait besoin d'une certitude. Elle appela Loïs.

— Où en êtes-vous, Loïs ? Peut-on se voir ?
— Pas aujourd'hui, je suis désolé. Je dois rencontrer quelqu'un. Je vous rappelle le plus tôt possible, je vous le promets. Il faut tenir encore un peu, soyez patiente et faites-moi confiance.

Elle aurait voulu pouvoir attendre, mais elle ne supportait plus que ses craintes s'immiscent dans chacune de ses activités du quotidien. Elle décida, en dépit des recommandations de Loïs, de me parler de ce qui la préoccupait tant. J'étais le seul à qui elle avait montré le dessin de la photographie. Je la comprendrais, elle en était sûre. Nous avions été élevés ensemble, nous nous ressemblions, on nous l'avait toujours dit. Elle m'expliqua toute l'histoire aussi clairement que possible, aussi calmement et précisément qu'elle en était capable à ce moment-là. Toute l'histoire depuis la première visite à Georgia et jusqu'à la dernière entrevue avec Loïs. Elle me fit part des faits et des conclusions auxquelles ils étaient parvenus. Elle mentionna chaque détail, chaque parcelle de doute et chaque once de certitude.

— Visam, tu es une personne sensée, logique. Que penses-tu de tout cela ? Donne-moi ton avis, je n'en peux plus de ces interrogations. J'ai besoin de toi.

— Je ne sais pas quoi dire. Tu es ma sœur et je connais ton goût pour la rêverie et les histoires. En même temps, je sais bien que tu n'es pas folle et je sais aussi que je ne t'ai jamais vue dans un état pareil. Toute la famille l'a remarqué et s'inquiète. On a même d'abord pensé que c'était le travail qui te préoccupait. C'est donc qu'il y a vraiment des questions à se poser concernant l'histoire que tu m'as racontée. Tu es trop intuitive pour te tromper complètement. Le mieux que je puisse faire sera de t'accompagner lorsque tu iras voir Loïs. Je me rendrai mieux compte ainsi. Tu aurais dû me parler de tout cela dès ma visite à Georgia. En attendant, il faut que tu t'efforces de penser à autre chose. Si tu allais plus souvent à l'atelier pour te changer les idées ? Nous nous occuperons bien du bébé.

Samale semblait se sentir soulagée par mon discours. Je ne prenais peut-être pas toutes ses craintes au sérieux, mais je lui avais exprimé mon dévouement et ma confiance, et elle savait que je ferais de mon mieux pour l'aider. De toute façon, comment pourrait-elle expliquer ce qui se passait en elle depuis quelques semaines ? Elle n'était plus capable de décider ce qui était mieux pour elle pour l'instant. Elle avait besoin de temps et espérait encore que tout allait changer, qu'un matin en se réveillant, une explication logique et positive allait apparaître soudain et effacer toutes ses craintes.

Pourtant jour après jour, le temps passait et rien n'y faisait. Elle allait de plus en plus mal, ne mangeait presque plus, ne dormait plus, et paraissait hagarde. Elle faisait à nouveau des cauchemars, rêvait que l'humanité se trouvait vouée à disparaître malgré tous les efforts de chacun et que ses membres mouraient l'un après l'autre, enterrés par ceux qui survivaient encore. Arrivait le jour où il n'était plus qu'un seul humain encore en vie. Lui aussi voulait pouvoir être enterré, mais étant seul, il savait qu'il ne pourrait compter sur aucune aide. Il imagina un système : plusieurs fosses qu'il creusa à chaque endroit qu'il fréquentait encore, de telle sorte que s'il sentait la mort venir, il puisse s'y jeter dans un dernier élan. Ce n'était qu'un rêve, et pourtant elle avait l'impression de sentir la terre qui l'engloutissait, qui la mangeait et la digérait lentement. Pourquoi fallait-il que tout cela lui arrive à elle, qui avait toujours suivi la Norme ? Elle aurait dû être protégée. Après avoir fait preuve de patience, la famille se réunit en concertation à ma demande, pour se positionner sur les mesures à prendre vis-à-vis de l'état de Samale. Il fallait prendre une décision rapidement à présent, car il était impensable de garder dans la maison familiale un membre malade qui risquerait en plus de propager son mal à tous les autres. Cela arrivait dans les meilleures familles et il y avait de grandes chances que la situation de la malade s'améliore facilement, si le cas était traité au plus tôt. Il s'agissait de la faire hospitaliser dans les services médicaux spécialisés. Le protocole de prise en charge était bien clair et la famille en confiance. Je fus désigné pour annoncer la décision collective à ma sœur. Je m'acquittai de ma tâche avec le plus de douceur possible, la couvrant de paroles d'affection. Elle parut à la fois triste et soulagée, comme si elle attendait que l'on prenne pour elle cette décision, indispensable pour la protection de la communauté.

— Je suis sûre qu'il n'y en aura que pour quelques jours, Samale. Je t'emmène, j'ai préparé tes affaires.

Pour moi, la décision était d'autant plus lourde que je savais et comprenais mieux que quiconque ce qui perturbait ma sœur. Mais je ne pouvais pas l'aider pour l'instant, et j'avais décidé de ne rien dévoiler aux autres membres de la famille, pour ne pas troubler nos parents. Il fallait parer au plus urgent : la santé de ma sœur chérie. Après des embrassades pleines d'émotion, et un long moment en compagnie de son fils, Samale était prête. Nous partîmes en silence.

De retour de l'hôpital, j'étais confiant. Le médecin qui nous avait reçus avait déjà connu des cas similaires, et il m'avait tout de suite rassuré sur la durée des troubles.

— Je connais bien ces symptômes. C'est l'affaire de quelques jours, une petite semaine tout au plus, et vous pourrez rendre visite à votre sœur dès après-demain, si vous le souhaitez.

Je rapportai tout le détail de l'entretien médical à nos parents, et fis de mon mieux pour les rassurer. Je prévins également son mari, qui, ne se doutant de rien, parut plus inquiet. Il me demanda de le tenir au courant rapidement, et me dit qu'il rendrait visite à sa femme au plus tôt. Je décidai ensuite de ne pas perdre de temps, et appelai Loïs.

— Bonjour, je suis Visam, le frère de Samale. J'ai une mauvaise nouvelle. Nous avons dû la conduire à l'hôpital pour un traitement d'urgence car elle était au plus mal. Elle m'a tout raconté, son état n'est pas surprenant car le choc a été violent et c'est une personne sensible, vous avez dû vous en rendre compte. Elle est effondrée à cause de l'image qu'elle a vue, la photographie. Vous lui avez expliqué que ce ne pouvait être qu'une réalité, et elle a compris que notre aïeule n'est certainement pas un cas unique. C'est effrayant, comment cela se peut-il ? Comment quelqu'un peut-il avoir plusieurs apparences ?
— Je comprends votre étonnement Visam, mais j'ai rencontré quelqu'un qui m'a apporté certaines confirmations. Venez me voir demain chez moi et je vous expliquerai. Je suis tellement désolé pour Samale.

La rencontre avec Loïs fut facilitée par ce que ma sœur avait pu nous relater sur l'un et l'autre réciproquement. Nous avions l'impression de nous connaître un peu, et très vite nous rendîmes compte de notre forte volonté commune de la protéger. J'étais rassurée sur les intentions de cet homme. Je découvris à mon tour l'univers de Loïs, l'espace infini et les planètes, la musique, les arts et la science. Tout cela ne m'était pas très familier, moi qui ne voyais que par les mathématiques.

— Vous avez avancé concernant l'image de la photographie ? Je peux la voir ?

— Bien sûr, venez. Installez-vous ici, je vais vous préparer l'appareil de projection. Asseyez-vous à cette place.

Pendant qu'il installait le matériel, Loïs me raconta.

— Je n'ai pas toutes les réponses, mais j'ai eu cette semaine un entretien avec un professeur de sciences astrologiques, que je connaissais pour mes travaux de recherche personnels concernant l'influence des planètes sur les créations artistiques contemporaines. J'avais préparé une feuille de dessin sur laquelle j'avais reproduit le personnage de la photographie, comme Samale l'avait fait avant moi. J'ai dit au professeur que j'avais fait un rêve et que j'avais dessiné le matin de mémoire un personnage de ce rêve, en lui montrant le dessin comme s'il sortait tout droit de mon imagination. Sa réaction a été immédiate. Il n'en revenait pas et je n'ai pas compris tout de suite ce qui l'étonnait tant. Mais ensuite, j'ai vu plus que de la surprise, un trouble très fort, tellement fort qu'il s'est senti mal. Il m'a même demandé s'il pouvait s'allonger pour reprendre ses esprits.

J'écoutais ce récit, tout en regardant la photographie projetée sur l'écran. Je reconnaissais effectivement moi aussi notre aïeule, malgré la monstruosité des traits, et c'est mon esprit d'analyse de mathématicien qui me permit de prendre le dessus sur l'émotion suscitée. Loïs poursuivit.

— Finalement, et après bien des détours, le vieux professeur m'a dit s'être reconnu dans les caractéristiques physiques du personnage sur la photographie ! Devant ma surprise, il m'a soutenu qu'il n'était pas comme je le voyais, mais comme le personnage dessiné, sans nez, ni oreilles, ni cheveux.

A mon tour, j'étais incrédule. C'étaient beaucoup trop d'informations qui convergeaient vers le même point redouté par Samale. Loïs ne s'arrêta pas là.

— Lorsque le professeur s'est un peu calmé, il m'a expliqué que d'après lui, un nombre indéfini de personnes sur terre ont cette apparence, car il avait eu l'occasion d'en voir beaucoup à une époque de sa vie. Ensuite, il était tombé malade, et quand il était sorti d'une sorte de sommeil comateux à l'hôpital, les gens, comme lui-même, étaient à nouveau tels que nous les voyons aujourd'hui. Il a alors raconté ce qu'il avait vécu à d'autres personnes et amis : certains avaient eu la même expérience, d'autres ne se souvenaient pas. Mais faute de preuves, sa demande de recours auprès du gouvernement de l'époque avait été rejetée. Il me racontait tout cela comme s'il le revivait, et il s'est effondré en larmes ensuite.

— Mais enfin, comment pourrait-on imaginer que des personnes aient une apparence réelle différente de celle que l'on voit ? C'est insensé !

— Je n'ai pas d'explication. Je vous ai dit tout ce que je savais.

Loïs ne pouvait que relater et admettre les faits, et se raccrocher à son hypothèse de départ : lors de la grande épidémie, toute une génération avait été gravement touchée et

86

avait perdu son apparence initiale. Une sorte de mutation violente et rapide. Mais dans ce cas, pourquoi ne les voyait-on pas tels qu'ils étaient ? Nous nous sentions impuissants, nous n'étions pas préparés à faire face à des évènements de cette ampleur, et il nous semblait qu'un étau se refermait doucement sur nous.

Pendant ce temps, Samale se réveillait d'un court sommeil à l'hôpital. Elle se sentait mal, son repos n'avait pas été serein et son réveil ne l'était pas davantage. Le médecin qui la suivait lui avait conseillé d'écrire ce qu'elle ressentait pour extérioriser ses angoisses. Elle prit une feuille et un crayon posés sur la table de chevet.

— J'ai encore fait un cauchemar. Je me réveille dans mon lit d'hôpital, mais tout est étrange dans ma chambre. Je regarde les murs, les objets, je vois un décor. Je vois des choses construites et posées pour créer un décor mais tout paraît artificiel et vide, factice. Le tapis de la salle de bains, existe-t-il vraiment ? A quoi sert-il ? Pourquoi me sépare-t-il du sol, de la terre ? Et tous les objets, toutes les choses qui sont là ? Elles nous protègent de quoi ? Ces objets m'encombrent. La table, le tabouret, les cintres me gênent. Ils m'empêchent d'être libre, d'être moi-même dans le monde. J'ai peur qu'ils me transforment, qu'ils m'engloutissent. Une infirmière entre et elle est nue. Elle n'a pas d'oreilles, pas de nez, pas de cheveux ni d'ongles. Elle a de fausses dents qu'elle enlève. Elle veut me faire une piqûre. Je n'arrive pas à bouger et je ne peux pas m'enfuir. Et tout d'un coup, je rêve qu'à l'endroit où se trouvait ma chambre, il n'y a plus de murs, plus d'hôpital, plus de lit, plus de porte ni d'objets. Je dors à même le sol et je suis couverte de feuilles d'arbres. Je suis dehors, nue sur la terre.

Elle reposa la feuille et le crayon, puis changea d'avis et décida de cacher cet écrit pour qu'il ne tombe pas entre les mains du médecin ou d'un infirmier. Elle ne savait pas pourquoi, mais elle avait idée que cela pouvait influencer le choix du traitement qu'on lui administrerait, et que cela ne serait pas une bonne chose pour elle. Non pas qu'elle se méfiait des médecins, mais elle doutait plutôt d'elle-même et ne voulait pas se trouver obligée de raconter les évènements des derniers mois, qui pourraient expliquer pourquoi elle faisait maintenant de tels rêves. Lorsque je l'avais emmenée à l'hôpital, je n'avais pas non plus raconté quoi que ce soit au médecin, j'avais simplement dit que ma sœur faisait des cauchemars, se sentait angoissée, ne mangeait presque plus… Samale cachait également autre chose à tout le monde, moi compris. Elle éprouvait des sensations physiques étranges qui l'assaillaient par petites touches, de façon aléatoire, et qu'elle ressentait dans le bout de ses doigts, de sa langue… Tout cela causait chez elle beaucoup de doutes. Son traitement curatif n'avait pas commencé et elle n'était plus très sûre de vouloir le prendre, ou peut-être n'était-elle plus très sûre de rien ni de personne, ce qui la rendait plus réticente. Mieux valait ne pas donner trop de détails aux médecins sur son état pour l'instant. Elle pensait à sa famille, et se demandait aussi ce que nous faisions Loïs et moi pendant qu'elle était absente. Elle savait que j'aurais bientôt le droit de venir lui rendre visite, qu'elle pourrait alors se confier à moi et me demander où il en était.

Le médecin frappa à la porte à ce moment-là, entra dans la chambre de Samale et lui demanda comment elle se sentait, et si elle avait bien dormi. Elle répondit qu'elle avait passé une nuit mouvementée, pleine de rêves dont elle ne se souvenait plus très bien, et qu'elle se sentait fatiguée mais qu'elle voudrait quand même sortir un peu de sa chambre.

— J'aimerais ne pas rester seule et pouvoir écouter un peu de musique un moment.
— Dans ce cas, je vous propose d'aller après votre repas jusqu'à la salle de loisirs. Vous verrez, il y a toujours quelques patients qui jouent aux cartes ou qui lisent, et vous pouvez y choisir de la bonne musique. Vous revenez dans votre chambre dès que vous en avez assez. Mais faites un effort pour vous souvenir de vos rêves et les noter, c'est important.

Samale n'y tenait plus, cette chambre l'étouffait. Dès le médecin sorti, elle décida de se rendre à la salle de loisirs sans tarder. Elle sortit et croisa sur son chemin plusieurs patients, peu bavards, à peine un bonjour. Lorsqu'elle arriva à la salle, elle découvrit un lieu chaleureux, rempli de bavardages et de musique. Elle se sentit immédiatement calmée et s'assit dans un fauteuil confortable, fermant les yeux pour profiter de ce répit. Au bout de quelques minutes, elle entendit qu'on s'adressait à elle.

— Bonjour Madame, puis-je me permettre de me présenter ? Je m'appelle Chris.

Elle ouvrit les yeux doucement.

— Bonjour Monsieur, je suis Samale.

— Vous aviez l'air d'apprécier la musique, et je me demandais si vous étiez musicienne. Préférez-vous que je vous laisse tranquille ?

— Non, je vous en prie. Je suis venue ici pour avoir un peu de compagnie justement. Je ne suis pas musicienne mais mélomane. Vous aimez la musique ?

— Je suis comme vous, la musique fait partie de ma vie de tous les jours, mais ce n'est pas mon métier malheureusement. Pourquoi êtes-vous à l'hôpital ? Vous semblez en forme.

— Disons que … j'ai perdu récemment une parente proche de façon brutale, et j'ai du mal à m'en remettre. Et vous ? Oh pardon, je n'avais pas vu votre jambe.

— Oui, j'ai dû la faire remplacer à cause d'un accident de vélo. On m'a posé une nouvelle jambe ce matin et je sors demain. Mais je pourrais déjà gambader, je me sens comme neuf ! Je suis désolé pour votre parente. J'ai perdu mon arrière arrière grand-père il y a huit mois et c'est encore difficile lorsque je pense à lui.

— Il n'était pas dans un centre des Anciens ?

— Si, c'est là qu'il est décédé. Il est malheureusement mort d'un stupide accident : il a heurté fortement un poteau avec la tête, distrait par un bruit derrière lui, et n'a pas pu être sauvé.

— C'est très triste, car il devait être encore jeune. Les Anciens sont tellement indispensables à notre équilibre…

Elle s'arrêta net. Elle se rendait compte qu'elle était en train de réciter une phrase par habitude, par éducation, plutôt que par conviction. L'image de Georgia sur la photographie lui apparut sans qu'elle puisse l'empêcher, et ce n'était pas à proprement parler une source d'équilibre actuellement. Chris avait remarqué son interruption, mais ne la releva pas. Il lui proposa de venir écouter de la musique dans sa chambre, car il disposait d'un lecteur avec ses morceaux préférés. Samale accepta avec plaisir, trop heureuse de ne pas avoir à retourner seule dans la sienne. Elle préférait cependant, avant de l'accompagner, récupérer et garder sur elle la feuille sur laquelle elle avait écrit son cauchemar de la nuit précédente, afin d'éviter que quiconque ne tombe dessus et ne la transmette au personnel soignant. Elle ne voulait pas risquer qu'on la questionne ni que l'on prolonge la durée de son séjour. Elle avait l'intention de me donner cette feuille le lendemain, lors de ma visite. Quelques minutes lui suffirent pour aller la chercher, la glisser dans la poche de sa blouse d'hôpital et gagner la chambre de Chris, qui n'était pas très éloignée de la sienne. L'infirmière ne reviendrait la voir que dans la soirée, elle avait du temps et appréciait de pouvoir bénéficier de la compagnie de son nouveau voisin de chambre, simplement à écouter de la bonne musique. Cela lui donna envie de reprendre la conversation sur un ton plus enjoué.

— Donc, que faites-vous dans la vie, Chris, quand vous ne tombez pas de votre vélo ?
— Je suis technicien dans un bureau d'ingénierie. Mon vélo, je l'utilise tous les jours pour aller au travail, et aussi parce que je fréquente tous les lieux consacrés aux arts graphiques. C'est ma deuxième passion après la musique.
— Décidément, je rencontre en ce moment beaucoup de gens qui ont les mêmes passions. Mon ami Loïs, dont j'ai fait la connaissance il y a quelques mois, a les mêmes centres d'intérêt que vous ! Je vous le présenterai, si vous voulez.

— Je connais également un Loïs. Il était avec moi à l'école des Arts Graphiques. Il dispose chez lui d'un vrai petit laboratoire dont les murs sont recouverts d'images de l'univers, de planètes… Il travaille à l'administration des finances.

— Mais c'est lui, c'est le Loïs dont je vous parlais. J'ai fait sa connaissance grâce à mon mari qui travaille dans cette administration aussi. C'est incroyable que vous le connaissiez !

— Incroyable, effectivement. Cette ville est décidément plus petite qu'on ne croit. Ce genre de coïncidence est toujours très déconcertant, n'est-ce pas ? Il vous a raconté qu'il travaille sur un projet personnel très étonnant ? Les interactions entre l'univers et la création artistique. Ce projet occupe une grande partie de sa vie.

— Oui, il m'en a un peu parlé. J'ai été très impressionnée par son laboratoire, qu'il a bien voulu me laisser utiliser car nous sommes partenaires de travail également, sur un projet dans le domaine du tissage et du stylisme.

— Vraiment ? Ce doit être passionnant. Racontez-moi cela.

— Si ça vous intéresse, je vais d'abord aller chercher deux verres d'eau, car j'ai très soif, et je vous explique tout cela. Vous pourriez également me donner votre avis : il s'agit de nouvelles techniques de tissage à partir de matériaux organiques encore peu utilisés, notamment issus de micro-organismes aquatiques. Cela devrait nous permettre d'obtenir des résultats inédits en termes à la fois d'aspects et de propriétés physiques.

Chris acquiesça avec intérêt. Samale se leva et partit demander deux verres d'eau. En se déplaçant, la feuille tomba de sa poche sur le lit. Chris ne la vit qu'une fois que la jeune femme était sortie, la prit et l'ouvrit, pensant qu'elle lui appartenait. Il lut le texte qui décrivait le cauchemar de ma sœur, et sa surprise fut totale. En effet, outre le caractère tragique du récit, la description du personnage qui y était faite ressemblait trait pour trait à la photographie que Loïs lui avait apportée pour avoir son avis. Il avait dit l'avoir trouvée par hasard, alors que cette technique n'était plus utilisée. Hors Samale et Loïs se connaissaient... Chris fit rapidement le lien. La photographie montrée par Loïs n'avait vraisemblablement pas été l'objet d'une découverte fortuite, elle devait lui avoir été apportée par Samale. A présent, elle faisait des cauchemars, et c'était peut-être la raison pour laquelle elle était soignée ici. Mais si cette image la touchait tant, cela pouvait signifier qu'elle avait une implication particulière dans cette représentation. Chris quant à lui, avait déjà eu l'occasion de voir de telles images dans un contexte professionnel, car on lui demandait souvent d'authentifier des documents. Mais il devait admettre qu'il y avait derrière ces personnages étranges un mystère qui lui semblait dépasser l'hypothèse très extrême des extra-terrestres, qu'il avait déjà entendue. Il était en pleine réflexion lorsque Samale réapparut avec ses verres d'eau. Il la laissa s'asseoir, lui sourit, puis lui tendit la feuille.

— J'ai lu par inadvertance votre récit. Je croyais que la feuille était à moi car elle était tombée sur le lit.
— Ah oui. C'est à moi effectivement. Le médecin m'a conseillé de mettre mes rêves par écrit... je ...
— Samale, j'ai vu la photographie dont je devine que vous parlez au travers de la description du personnage de votre rêve. Loïs était venu me trouver pour me demander de l'authentifier.

Ma sœur fut prise de court, et s'effondra en larmes. Chris, une fois le choc passé, se montra extrêmement attentionné. Il la poussa à s'épancher, la rassura de ses mots justes et sincères, et l'encouragea à se laisser aller et à parler. Se sentant en confiance –puisque c'était un ami de Loïs- et en même temps si fragile, elle se confia à lui et lui raconta toute l'histoire depuis sa première visite à Georgia. Après l'avoir écoutée avec attention, il décida alors de lui rendre lui aussi sa confiance. L'hôpital dans lequel ils se trouvaient disposait d'une unité confidentielle de recherche humaine, dont les missions et objectifs n'étaient pas connus de la population. Chris, accompagné de Loïs et dans le cadre de leurs recherches communes, avait maintes fois essayé d'y obtenir une visite en tant que professionnel, mais on lui en avait toujours interdit l'accès. Son accident de vélo, aussi malheureux soit-il, lui donnait l'occasion d'être sur place, et il avait prévu d'en profiter. La présence de ma sœur et ce qu'il venait d'apprendre l'encourageaient à tenter quelque chose. Il lui expliqua son projet : entrer dans l'unité de recherche humaine, et essayer d'y trouver des choses intéressantes, des explications, des indices. S'il y avait ou s'il y avait eu des secrets, c'était dans ce genre d'endroit que l'on pouvait espérer en trouver trace. Samale ne pouvait espérer mieux. Elle accompagnerait Chris le soir venu, et l'aiderait si possible dans son projet de pénétrer dans le bâtiment.

Dans les couloirs de l'hôpital, de retour vers sa chambre, elle leva la tête et regarda en l'air. Une petite lumière de veilleuse au loin lui donna un point de repère dans ce sombre dédale.

Après la visite de l'infirmière ce soir-là, Samale attendit quelques dizaines de minutes avant de remettre ses vêtements et de rejoindre Chris dans sa chambre. Ils se firent le plus discrets possible pour se diriger ensuite vers l'unité de recherche, alors que tout le monde semblait endormi. Ma sœur, contrairement à ce qu'elle avait toujours fait dans sa vie jusqu'à présent, n'avait pas suivi la prescription médicale, et n'avait pas pris les cachets prescrits par le médecin. Pourtant, elle se sentait mieux que la veille, ce qu'elle ne pouvait pas s'expliquer. Peut-être grâce à la présence de Chris, qui l'avait réconfortée. Lorsqu'ils arrivèrent devant l'entrée du bâtiment, tout était fermé et visiblement sous alarme, si l'on en croyait un panneau lumineux disposé bien en évidence à l'entrée. Après en avoir fait le tour, ils remarquèrent toutefois qu'une partie des rares fenêtres étaient éclairées, ce qui laissait penser qu'il y avait encore quelqu'un à l'intérieur. Ils décidèrent tout d'abord de se cacher et d'attendre que les personnes quittent les lieux. Peut-être à cette occasion auraient-ils la possibilité de se glisser dans le sas d'entrée. Mais après quelques dizaines de minutes, encouragés par un accès de confiance que chacun semblait puiser dans l'autre, ils se dirent que s'ils ne voulaient pas passer la nuit dehors à attendre, ils auraient plus de chance en essayant de se faire tout simplement ouvrir la porte ! Ce serait le meilleur moyen d'éviter les alarmes et les pièges du bâtiment, tout en prenant le moins de risque possible pour eux-mêmes. Pièges et alarmes qui devaient être relatifs, tout de même, étant donné le niveau de discipline qui avait cours partout, grâce à la Norme. Mais quand même. Evidemment, restait à répondre à la question : pourquoi leur ferait-on l'honneur de leur ouvrir, alors qu'on l'avait déjà refusé à Chris à plusieurs reprises et dans un contexte plus légitime ? Eh bien ils n'avaient pas grand-chose à perdre, et il fallait jouer le tout pour le tout, au culot. Ils retournèrent dans les bâtiments de l'hôpital, revêtirent chacun une blouse affublée du nom d'un professeur de médecine qu'ils dégotèrent dans un local lingerie, prirent au passage le texte décrivant le cauchemar de Samale et revinrent se présenter le plus naturellement possible à l'entrée du bâtiment de recherches. Sur la même feuille, elle avait également réalisé de mémoire un dessin représentant un être nu tel que sur la photographie.

La personne en blouse de chercheur –bleue selon le code vestimentaire- qui vint leur ouvrir parut surprise, car on ne lui avait pas annoncé de visite à cette heure tardive. Mais lorsqu'elle vit les noms des professeurs inscrits sur leurs blouses, elle demanda :

— Bonsoir, professeurs, vous aviez rendez-vous ?

Chris prit la parole.

— Oui, tout à fait. Nous avons été retenus et n'avons pas pu nous libérer plus tôt. C'est pourquoi nous sommes très en retard, excusez-nous. Nous venons pour l'analyse de ce document trouvé dans la chambre d'une patiente de l'hôpital.

Chris présenta Samale comme une professeure débutante en cours de formation, inventant qu'elle venait de la pédiatrie et qu'elle avait été orientée ici en raison de son sujet de recherche principal, la psychologie humaine en situation de stress environnemental, et de son intérêt tout particulier pour l'étude des comportements.

— Comme je vous comprends ! C'est un sujet merveilleux, n'est-ce pas ?

Elle tendit la feuille à l'homme, qui la lut et sembla confirmer l'intérêt d'une analyse approfondie. Certainement pensait-il que le rendez-vous avait été pris avec l'un de ses confrères parti plus tôt, et l'aplomb de ses visiteurs laissait supposer qu'ils ne pouvaient être que sincères. Il semblait par ailleurs très enthousiaste à l'idée d'examiner le document, et curieux d'en savoir plus.

— Je vois, entrez, ceci a l'air très intéressant.

Ils s'exécutèrent sans plus de discussion, trop heureux que leur stratagème fonctionne aussi bien, et suivirent le chercheur jusqu'à un grand bureau où étaient attelés au travail une demi-douzaine d'autres chercheurs, tous penchés sur des documents.

— Ici, certains d'entre nous étudient uniquement les témoignages et récits. Le type de description de rêve que vous avez relevé nous est indispensable pour l'analyse des effets et de l'efficacité du traitement normatif. Cela nous donne de précieux éléments pour l'améliorer et suivre son adéquation avec le développement des cellules de rejet, même si les cas sont peu fréquents.

Chris pas plus que Samale ne comprenait de quoi parlait le chercheur, mais ils firent tous deux un signe de tête affirmatif, afin de l'encourager à parler. Il poursuivit.

— J'imagine que le cas est urgent. Si la patiente a ainsi décrit et dessiné ce personnage suite à un rêve, c'est que son corps a commencé à fabriquer des cellules de rejet suffisamment fortes pour déséquilibrer le traitement normatif. C'est un cas fondamental qui se présente rarement, généralement à la suite d'un choc psychologique insoutenable. Il va falloir arrêter rapidement la prolifération de ces cellules, puis leur activité. Nous pouvons réaliser cela facilement, à condition que le problème soit détecté assez tôt dans le déroulement du processus. Puisque vous êtes en formation, Madame, voudriez-vous visiter la salle de recherches ? C'est là que nous concentrons toute l'avancée de nos travaux, en relation avec toutes les autres unités de recherches humaines du pays. Nous sommes un centre meneur, c'est-à-dire que nous insufflons les nouveaux axes de recherches sur le développement de la Norme et surtout sur les mutations. Nous sommes installés ici pour des questions de discrétion. Un laboratoire de recherche au sein d'un centre hospitalier, quoi de plus naturel ?
— J'écouterai votre présentation avec intérêt et admiration.

Flatté, le chercheur, la feuille toujours à la main, ne se fit pas prier et les entraîna dans les tréfonds du bâtiment, jusqu'à la fameuse salle. Le cœur de Samale s'emballait, alors que les couloirs se succédaient, et elle était obligée de s'appuyer discrètement sur le bras de Chris, qui ressentit la force de son

98

malaise. Elle devinait qu'ils touchaient à la lumière sur tant de mystère depuis tant de mois, et cela lui faisait peur. La salle était immense, c'était à la fois un lieu de réflexion dont les murs étaient recouverts de photographies, radios, schémas et représentations les plus diverses du corps humain et de ses différentes parties de la plus grande à la plus petite, et un laboratoire d'expériences cellulaires. L'entrée en était protégée par un système de reconnaissance vocale, couplé d'un système d'alarme perfectionné. Le chercheur semblait très fier de monter l'étendue des connaissances de son centre, sans être néanmoins décidé à en révéler les secrets techniques. Il commença par rappeler, tout en pointant les illustrations sur les murs, que c'était ici que le traitement normatif avait été mis au point. Destiné à donner à chacun une illusion de vie supportable, il consistait en l'exacerbation des sens de la vue et de l'ouïe, au détriment des autres sens jugés sources de souffrance psychologique.

— Après la grande épidémie, qui a entraîné la nécessité de lourds investissements et dépenses pour l'endiguer, les sens du toucher, de l'odorat, et du goût étaient devenus générateurs de problématiques insolubles en raison des restrictions drastiques appliquées sur les dépenses de santé, sur la production de biens industriels et sur le traitement des déchets et des produits nuisibles à l'environnement. De façon méthodique, nous avons donc commencé à traiter l'évolution physique de l'espèce humaine. Nous avons décidé en toute logique de réduire puis de supprimer les organes non indispensables ou devenus sources de coûts : les oreilles, le nez, les ongles, les cheveux. Puis, nous avons reporté le besoin humain de sensations sur les deux sens restants, l'ouïe et la vue, qui concentrent à présent toute notre réceptivité au monde extérieur. C'est pour cette raison que tout ce qui se voit et s'entend doit être le plus agréable possible : les décors, la musique… En parallèle, les puces du traitement normatif ont été mises au point pour donner au cerveau des informations différentes de la réalité visible. Ainsi, nous étions prêts lorsque les dirigeants ont décidé l'arrêt total de toute fabrication d'objet ou d'aliment modifié. La terre ne pouvait plus supporter les millions et milliards d'objets de toutes sortes et de toutes matières qui la polluaient et l'empêchaient de respirer. La saturation du recyclage et de l'évacuation des déchets dans l'atmosphère nous mettaient tous en danger. En parallèle, la pénurie de pétrole et de ressources naturelles et les coûts gigantesques des dépenses de santé dus en partie à l'allongement de la durée de vie ne permettaient plus de continuer à vivre comme nous le faisions sans risquer le chaos et la disparition pure et simple de notre monde, à petit feu. Heureusement, quelques décideurs lucides ont pris les mesures radicales qui s'imposaient, puisque la situation économique et écologique était évidente, tout comme celle de la santé publique. Toute production a été stoppée net et ils ont décidé de faire appel à nous pour mettre au point le leurre que vous connaissez. Chacun peut continuer à voir ce qui en réalité n'existe plus, ou en tout cas dont l'apparence ne correspondrait plus à ce que nous connaissions. Il ne nous restait plus qu'à établir et diffuser les règles de la Norme, qui dicte à chacun ses devoirs en termes de responsabilité de santé individuelle et collective. Tout cela a été mené dans le secret et sans que personne ne se rende compte de rien, par une organisation et des procédés de la plus grande efficacité.

Sans les illustrations de toute nature qui recouvraient les murs de la salle de recherche, le discours du chercheur aurait paru à Chris et Samale complètement fou. Ils ne parvenaient pas analyser clairement ce que cet homme voulait dire, et n'avaient même pas l'impression d'être réellement avec lui. Ils vécurent cet instant comme s'ils écoutaient une histoire inventée de toutes pièces, sans être dedans, comme si c'était un moment de grand délire ou une pièce de théâtre avec une mise en scène réaliste mais un fond des plus fantaisistes. Comprendre, intégrer et accepter tout cela, images à l'appui, était encore impossible. De son côté, emporté par sa passion et la confiance que les badges des professeurs lui inspiraient, le chercheur poursuivit, conduisant les deux imposteurs vers un coin isolé de la salle.

— Je vais vous montrer comment fonctionne la puce que nous avons tous dans notre cerveau, et qui régule le traitement normatif. C'est bien sûr le joyau de notre recherche. Voici une photographie du temps avant la Norme. Vous admettrez que c'est très ressemblant à ce que vous pouvez voir aujourd'hui, même si avec la puce tout est encore mieux, des ponts magnifiques, des parcs, des maisons agréables, des décorations somptueuses, des fleurs, et des personnes au mieux de leur apparence esthétique. Et voici une photographie de la réalité d'aujourd'hui, ce sont exactement les mêmes vues.

Samale et Chris regardent la photographie. On y voit des décors désolants, tout est gris, nu, il n'y a que des structures métalliques, bétonnées, le tout semblant réduit au minimum de la matière nécessaire, comme si on avait voulu en optimiser le coût. Les personnes sur les photographies, les mêmes que sur les précédentes avec quelques dizaines d'années de plus, semblent avoir exactement les mêmes caractéristiques physiques que Georgia sur l'image qu'elle avait voulu faire connaître. C'en était trop à présent pour Samale, qui manqua de tomber car ses jambes ne la portaient plus. Elle s'appuya sur le rebord d'une armoire. Le chercheur ne vit rien et poursuivit.

— Cette puce est intelligente, minuscule comme vous le voyez, si bien qu'elle est implantée sans risque dans nos cerveaux, et directement connectée par un réseau d'ondes à l'ordinateur central qui commande et régule la perception visuelle du porteur. Par un jeu subtil entre le neurologique et le psychologique, nous parvenons à modifier la perception de l'image réellement vue, et à convaincre le porteur de la puce de l'authenticité de cette image modifiée. Cela crée une sorte de cercle « techniquement vertueux » et parfait, car plus on aime ce que l'on croit voir, et plus on y croit ! La finesse de régulation est telle que la moindre perturbation est corrigée dans le millionième de seconde, de telle sorte qu'on ne peut pas s'en apercevoir. Tout est codifié, chaque point de chaque image réelle regardée par chacun à chaque moment est transformé par un point « corrigé » selon la Norme, excepté les photographies pour lesquelles ce n'est pas possible. Nous n'avons jamais réussi à transformer la perception de ces images et avons été obligés de les faire disparaître. Grâce à notre puce, une simple brindille peut être vue comme une fleur magnifique, une hutte en branchages comme une maison fastueuse… De la même façon, vous me percevez et je vous perçois selon les critères esthétiques que nous apprécions ; de beaux cheveux soyeux, des yeux brillants avec de longs cils, des oreilles parfaites, un nez idéalement proportionné… etc. C'est merveilleux, n'est-ce pas ? Alors que nous sommes tous comme ces gens sur ces photographies bien sûr, avec nos défauts, nos imperfections. Mais la puce nous permet de l'oublier. Tout ceci fonctionne avec une minutieuse coordination pour que nous y croyions sans le moindre doute. Et d'ailleurs, pourquoi ne le croirions-nous pas ? Les quelques rares cas comme celui que vous me ramenez par la description de ce rêve sont très vite traités car les humains sont faits de telle façon qu'ils vont instinctivement ne retenir que ce qui les arrange le mieux, et rapidement évincer de leur mémoire ce qui leur est insupportable. La puce ne fait qu'exacerber ce penchant. Mais nous nous servons de ces témoignages précieux pour améliorer toujours davantage la précision de nos programmes, et nous n'avons jamais failli dans aucun de ces cas.

Samale, malgré la peine qu'elle avait à s'empêcher de crier, voulait tenir jusqu'au bout. Elle posa la question qui nécessitait la confirmation la plus ferme.

— Il n'y a aucune exception humaine ? Chaque être humain vivant porte cette puce ?
— Aucune exception possible. Comme vous devez le savoir, chaque bébé est équipé de la puce à dix mois, lors de la visite obligatoire. Avant cet âge, il n'a pas la notion de la réalité. Ensuite, impossible de la retirer. Puis nous avons rapidement équipé tous les adultes, au cours des examens de routine obligatoires. Il n'y a que les Anciens, qui ont

été modifiés physiquement comme nous tous, mais dont la puce n'a pas été activée, car elle n'aurait pas eu d'effet sur eux ; nous avons essayé sur quelques cas mais ils avaient vécu trop longtemps pour que l'on parvienne à effacer complètement leur mémoire sensorielle. Ils gardaient ancrés en eux la perception du goût, de l'odorat, du toucher, tellement fortement qu'ils devenaient extrêmement perturbés. C'est pour cette raison qu'il a fallu se résoudre à les isoler dans des centres et leur enlever, par un traitement chimique, l'ouïe et la parole : ils voient les choses et les gens tels qu'ils sont réellement et savent que nous sommes tous équipés de puces. Ils ont reçu des consignes de confidentialité. En effet il est impossible de faire cohabiter les uns et les autres. Ce sont à présent deux mondes sensoriellement et psychologiquement distincts. Cette séparation était un sacrifice, le prix de la sérénité de leur descendance. Nous avons même été plus loin. En modifiant génétiquement certaines cellules humaines, nous sommes parvenus à cloner des membres humains à partir de cellules souches et pouvons dorénavant sans difficulté remplacer n'importe quel bras ou jambe en une simple intervention de quelques heures. Auparavant, c'était impossible ou bien très risqué. Nous maîtrisons le corps humain, d'un bout à l'autre.

Samale avait la tête qui tournait. L'arrogance de l'homme, sa froideur, et la fatigue qui l'atteignait à présent lui causaient des poussées d'imagination, la faisaient rêver éveillée. Elle se vit dans la chambre du chercheur, ligotée sur son lit. Il lui arrachait les membres l'un après l'autre, avec un sourire de satisfaction et sans jamais la regarder dans les yeux, concentré sur sa tâche. Elle tentait de crier mais aucun son ne sortait.

Puis il quitta sa chambre, la laissant ainsi gésir en morceaux. Il revint avec plusieurs grands sacs dans lesquels se trouvaient des membres de remplacement, des membres masculins ! Il s'approcha avec une jambe disproportionnée pour elle, prêt à lui greffer à l'aide d'instruments effrayants, et toujours sans lui prêter le moindre regard, comme si elle était une poupée de laboratoire...

Elle fit un effort pour se reprendre toutefois, et supplia Chris du regard. Il fallait absolument sortir de là, ce cauchemar éveillé allait certainement s'arrêter lorsqu'ils sortiraient du centre de recherches. Ils s'apprêtaient à remercier et à prendre congé lorsqu'une alarme se mit à retentir. Le chercheur les quitta aussitôt pour aller se rendre compte, alors qu'un autre vint à sa rencontre en lui expliquant :

— Deux patients ont disparu de leurs chambres. On ne les trouve nulle part.

Chris et Samale comprirent immédiatement qu'on parlait d'eux. Ils se mirent à courir vers la sortie, et s'enfuirent vers le parc, ne laissant à personne le temps de réagir. Les chercheurs, peu habitués à ce genre d'incident, finirent par avertir la sécurité de l'hôpital, mais trop tard. Personne ne réussit à les arrêter. Ils se retrouvèrent, haletants, cachés dans la nuit entre les arbustes à environ huit cents mètres de l'hôpital. Samale s'écroula par terre, et Chris n'eut pas la force de l'aider à se relever. Il tomba assis près d'elle. Il fallait que tout s'arrête, que tout redevienne comme avant. Ils s'allongèrent sur le sol, et étalèrent leurs membres pour détendre leurs muscles. Chris, comme Samale, se rendit compte qu'il ressentait des choses étranges ; le sol qui semblait se dérober, les feuilles mortes qui paraissaient grisâtres et sèches... Samale avait l'impression de sentir la chaleur du sol sous ses doigts, elle enfonça ses mains dans l'épaisseur des feuilles, de la terre meuble. Elle approcha sa joue du sol et frôla la mousse, respira la terre. Elle n'avait jamais ressenti cette proximité avec la terre jusqu'à présent.

Pendant ce temps, les recherches avaient été abandonnées dans l'enceinte de l'hôpital. Les deux contrevenants avaient disparu et on ne pouvait plus les retrouver dans la nuit, ni risquer d'ameuter tout le quartier et les autres malades. Les responsables s'occupèrent de prévenir les familles, et c'est moi qui décrochai le téléphone, après m'être réveillé en sursaut. Ce que l'on me raconta alors me parut incompréhensible. J'avais laissé ma sœur la veille pour une grande fatigue, et on me racontait que celle-ci, avec un complice, avait usurpé l'identité d'un professeur pour entrer dans un lieu protégé et confidentiel, puis s'était enfuie et avait disparu ! J'annonçai que j'allais venir immédiatement et sortis après m'être rapidement habillé. Je sautai sur mon vélo et partis en direction de l'hôpital. Arrivé à proximité, je passai tout près de l'endroit où Samale et Chris étaient cachés. Ma sœur me reconnut au passage et se leva d'un bond pour m'appeler dans la rue. Je me retournai et la vis, m'arrêtai, puis fis demi-tour pour la rejoindre malgré la surprise et la frayeur.

— Qu'est-ce que tu fais ici ? Qui est-ce ? On m'a appelé à la maison, tout le monde te cherche à l'hôpital. Que se passe-t-il ?

Elle n'était visiblement pas en mesure de répondre clairement, et me demanda de la ramener à la maison.

— Ce n'est pas possible, il ne faut pas vous montrer pour l'instant et nous risquons d'affoler toute la famille. Tu as l'air si bouleversée. Appelons Loïs pour qu'il vienne nous rejoindre avec les clés des bureaux de l'administration. Nous irons là-bas nous cacher, le temps de réfléchir. Il n'y aura personne pour le week-end.

Ils ne voulaient tous deux qu'une chose : se retrouver à l'abri et au calme, et dormir un peu. Ils ressentaient des sensations étranges comme des picotements dans leurs doigts, du souffle sur leur peau. Des sensations qu'ils n'avaient jamais ressenties dans le passé. Je les écoutais mais ne pouvais comprendre de quoi il s'agissait. Enfin, Loïs arriva et sans demander plus d'explication, nous escorta jusqu'à l'administration, laissant les regards entre nous parler et rassurer. Il ouvrit une porte de service tout en désarmant le système de sécurité, et nous entrâmes enfin, loin de tout danger et à l'abri des regards. A peine nous avait-il conduits jusqu'à son service que Chris et Samale s'écroulèrent sur le sol d'un des bureaux. Ils ne tardèrent pas à s'endormir, veillés par Loïs et moi. Nous attendîmes patiemment qu'ils reprennent leurs forces et restâmes ainsi sans bouger ni parler pendant plusieurs heures, pour ne pas déranger leur sommeil. Le jour se levait juste lorsqu'ils rouvrirent enfin les yeux, quelques heures plus tard. Loïs avait pensé à apporter à boire et à manger, ce qui leur permettrait de reprendre des forces. Ils en avaient bien besoin. Il ne s'attendait pas à retrouver ma sœur dans de telles circonstances, et encore moins en compagnie de son ami Chris, mais était soulagé car il s'inquiétait pour elle. Après quelques gorgée et bouchées réparatrices, Chris commença à raconter ce qui leur était arrivé à l'hôpital, et comment je les avais retrouvés tous les deux dehors, cachés dans des taillis : la rencontre dans la salle de repos, la découverte du papier sur lequel Samale avait relaté son cauchemar, la relation commune avec Loïs, l'histoire de Georgia, leur décision d'aller ensemble dans le centre de recherches, toute la démonstration du chercheur, l'alarme, la fuite. Après cette longue narration, ce fut notre tour de rester sans voix. Nous étions tous quatre assis par terre, nous demandant que dire et que faire, lorsque Samale prit la parole, étonnamment calme à nouveau.

— Visam, je voudrais voir mon fils. Pourras-tu aller le chercher tout à l'heure ? Je voudrais passer un peu de temps avec lui aujourd'hui. Mais avant, dites-moi, je ressens des choses étranges depuis que nous nous sommes enfuis de l'hôpital, des sensations sur la peau, dans le bout des doigts. C'est très étrange, surtout lorsque je touche quelque chose. Avez-vous remarqué des sensations similaires ?

Nous répondîmes tous que oui, peut-être effectivement, nous remarquions ces derniers temps surtout, une sorte de sensibilité physique que nous ne connaissions pas auparavant.

— C'est certainement l'effet du choc psychologique, dit Chris. Le chercheur a dit que cela se produisait parfois suite à un évènement brutal, et qu'il était alors nécessaire de revoir le traitement normatif pour l'ajuster. Etant donné que nous n'avons pas été traités comme nous l'aurions dû récemment, notre sens du toucher se réveille… Je pense d'ailleurs que ce que nous

108

expérimentons là n'est rien à côté de ce que notre corps est capable de recevoir en termes de sensations. Nous suivons le traitement depuis notre petite enfance, et il est probable que l'adaptation ne se fasse pas instantanément, et que la sensibilité tactile revienne petit à petit dans les jours, les semaines ou les mois qui viennent. Si tant est que nous puissions la retrouver en totalité.

Alors que nous écoutions Chris, attentifs, nous observâmes, un peu déroutés, un phénomène que nous n'avions jamais vu auparavant. La couleur de sa peau était étrange, elle paraissait avoir changé. Elle était un peu plus foncée que d'habitude. Nous ne le fîmes pas remarquer cependant, car notre vue était fatiguée et nous avions déjà de nombreuses autres raisons d'être étonnés. Loïs fut le premier à réagir.

— Il y a cependant quelque chose qui me surprend particulièrement. Si l'on reprend les termes du chercheur qui vous a donné les explications tout à l'heure, pourquoi les hommes, des frères, auraient-ils pris la décision de nous tromper ainsi ? C'est inhumain. Il vous a dit que nos capacités à sentir, goûter, toucher, nous avaient été volontairement enlevées, ne nous laissant que la vue et l'ouïe ? Ils auraient réduit nos sens, notre corps, pratiqué des amputations forcées pour des questions économiques ? J'ai du mal à croire cela. Jamais des êtres humains n'auraient fait cela à d'autres êtres humains, n'est-ce pas ?
— Pourtant si, Loïs, nous avons maintenant la preuve que c'est bien ce qui s'est passé. Cependant il est sans doute possible de nuancer. C'est peut-être par une meilleure connaissance des motivations de chacun que l'on pourrait

comprendre les raisons profondes de ces décisions. Georgia, pour sa part, voulait nous alerter. Elle doit être au courant de tout, et elle a trouvé le moyen de nous faire passer le message pour que l'on arrête tout cela. Elle veut nous sauver.

— Cependant, tant que nous ne savons pas exactement qui sont ceux qui ont décidé cette monstruosité, nous ne savons pas qui sont nos interlocuteurs, et nous restons donc impuissants.

Samale, qui écoutait attentivement, se sentait de plus en plus étrange. Tout ce qui l'entourait lui semblait plus ou moins factice, voire inconnu. Elle évitait de toucher quelque objet que ce soit, et ne bougeait presque pas. Elle regarda les restes de leur repas, mais elle ne vit que des substances informes, des gelées, des crèmes, toutes incolores, là où il y avait quelques heures plus tôt des aliments alléchants et variés. Elle se demanda si la nourriture était également concernée par la puce, mais puisque tout ce que l'on voyait était modifié… Loïs, qui restait attentif à l'état de ma sœur, remarqua son air perdu et posa sur elle le regard le plus doux qu'il puisse lui donner. Elle demanda, comme si elle poursuivait tout haut sa pensée :

— Mais la vie, elle est belle quand même ?

Je me levai, et en guise de réponse :

— Je vais chercher ton fils, je dirai à la famille que tu es en traitement et que cela suit son cours. Je ferai comme si j'emmenais le petit en promenade.

Pendant ce temps, Samale et Chris décidèrent de se laver dans les vestiaires de l'infirmerie, où ils trouvèrent avec soulagement tout le nécessaire. Là encore, de nouvelles sensations apparurent lorsque, chacun sous une douche, l'eau coulait sur leur corps. Ma sœur en particulier, qui paraissait être la plus sensible à ces effets, découvrit la fluidité et la fraîcheur de l'eau, comme une présence bénéfique sur ses membres. Elle commençait à comprendre ce que le sens du toucher signifiait. Pendant ce temps, Loïs voulait vérifier quelque chose. Il y avait, attenante au laboratoire, une pièce fermée par une porte sécurisée, à laquelle n'avaient accès que deux personnes de l'administration à sa connaissance : le directeur, et le mari de Samale, que Loïs avait vu l'y accompagner quelquefois. Lors de leur première rencontre, celle-ci avait expliqué à Loïs qu'elle lui était très reconnaissante de bien vouloir la recevoir, d'autant plus que, selon ce que son mari lui avait dit, le laboratoire ne dépendait pas de son service. Loïs avait été surpris par cette remarque, car il l'avait vu plusieurs fois y venir. Il n'avait pas voulu en parler à Samale, ne la connaissant pas suffisamment à ce moment-là pour entrer dans de telles discussions. Mais à présent, c'était le moment d'en savoir plus. Il se dirigea donc vers le bureau du mari de son amie, situé dans une autre aile du bâtiment, pour y chercher sa carte d'accès électronique personnelle. Il avait bien pris soin de désarmer tous les systèmes d'alarme qu'il connaissait dans les lieux, mais il avait besoin de cette carte pour les zones spéciales. Après un bon quart d'heure de recherches, il trouva enfin ce qu'il cherchait dans le fond d'un tiroir sous des tas de dossiers, et

111

se dirigea rapidement vers la salle, espérant ne pas croiser ses amis de retour de l'infirmerie. Arrivé devant la porte, il ouvrit à l'aide de la carte et entra. Il fut impressionné de constater qu'il y avait là des centaines de mètres linéaires de stockage de documents et œuvres divers ; encres de chine, peintures, dessins, et également des photographies. Beaucoup de photographies d'art, réalisées à l'époque où c'était encore possible. Toutes étaient classées, numérotées, répertoriées. Sur ces photographies, des vues de paysages, d'objets divers dont certains inconnus de lui, et des portraits sur lesquels les personnes ressemblaient aux gens que l'on pouvait voir maintenant lorsqu'on était traité selon la Norme. Beaux, parfaits. C'étaient donc forcément des photographies qui avaient été prises avant les modifications physiques dont le chercheur avait parlé.

Loïs ressortit de la pièce, se demandant ce que pouvait savoir le mari de Samale, et pourquoi il cachait de telles choses à sa femme. Il referma la porte, retourna déposer la carte électronique à sa place, et revint retrouver ses amis. Il ne découvrirait rien de plus pour le moment.

Je ne tardai pas à être de retour avec le bébé, et Samale put enfin apprécier la présence de son fils auprès d'elle. Il lui manquait tant depuis son entrée à l'hôpital. Alors qu'ils se retrouvaient tous les deux avec bonheur, je m'isolai avec Loïs et Chris, leur expliquant que je souhaitais leur parler à l'écart, sans être entendu par ma sœur. Je racontai que son mari était à la maison lorsque j'étais passé chercher le bébé. Il avait demandé des nouvelles de Samale, et semblait préoccupé, comme s'il ne croyait pas à mes explications quant à son état. Il avait fini par m'avouer, alors qu'il repartait, que le directeur de l'hôpital l'avait appelé lui aussi et lui avait raconté ce qui s'était passé. En tant que responsable dans une grande administration, sa conduite devait être irréprochable et le comportement de sa femme le mettait en difficulté. Il avait précisé qu'il aimait Samale et voulait simplement qu'elle revienne chez elle, que tout pourrait rentrer dans l'ordre si elle acceptait de revenir et de suivre le traitement, que le plus important, c'était de suivre le traitement. Mais en aucun cas il ne lui en voulait, ni avait été menaçant. Non, juste insistant. Il n'était pas aussi sûr de lui que d'habitude cependant, j'avais décelé un peu de lassitude dans ses paroles. Chris et Loïs me confortèrent dans ma décision de ne pas parler de cette discussion avec son mari. Dans la position où nous étions à présent, mieux valait ne pas en rajouter sur un sentiment éventuel de culpabilité de sa part.

Ma sœur et son fils continuaient à jouer ensemble, ils riaient et couraient dans les couloirs et les bureaux. A un moment, le petit, qui ne marchait pas encore vraiment, trébucha et tomba, et Samale fit mine de tomber avec lui. Ils roulèrent ensemble sur le sol en riant et se retrouvèrent à un moment dans les bras l'un de l'autre. C'est à ce moment-là qu'elle ressentit quelque chose d'étrange, à la fois comme une douleur dans son genou qui venait de heurter le sol, et la douceur de la peau des mains et des avant-bras nus de son fils. Pourtant, elle n'avait aucun dégoût, au contraire, et un sentiment de bien-être inconnu l'envahit comme une vague de chaleur, un réconfort ultime et salvateur. Elle vit en même temps dans les yeux de son fils un peu de surprise, mais tellement de confiance pour elle que ces quelques secondes lui parurent plus fortes que tout le temps passé auparavant. Elle prenait conscience que son fils était un être de chair et de vie, de douceur et de sensualité, et non pas une jolie chose lointaine, hermétique et fermée sur elle-même. Il était une part

113

d'elle aussi, et elle se sentait maintenant le courage de le toucher, de toucher son visage. Elle avait envie de découvrir ce sens dont on l'avait privée, de combler sa curiosité nouvelle, et constata que la réalité de ce qu'elle ressentait sous ses doigts était différente de ce qu'elle voyait. Ses larmes coulèrent, plus par émotion que par tristesse. Après quelques minutes où elle se laissa aller, elle comprit.

— Ce n'est pas l'apparence de mon enfant qui me touche le plus, c'est sa présence physique, sa chaleur, sa douceur, ce sentiment d'être si proche et encore reliée à lui. Je l'aime encore plus de pouvoir enfin le prendre dans mes bras et le caresser avec autant de plaisir, de sentir son corps contre moi.

Le visage d'un petit enfant, c'est quelque chose de magique. Le regard. Etonnement mélangé à une sorte de sagesse naïve et forte à la fois, qui vous déroute et vous donne envie de le protéger de tout. Tellement direct et sincère qu'on ne veut pas le décevoir.

Elle resta ainsi longuement contre le corps de son petit, et ferma les yeux de plaisir, se laissant bercer par sa douce respiration, par son souffle contre elle. Loïs entra à ce moment-là dans la pièce où ils se trouvaient, et les vit ainsi serrés l'un contre l'autre. Il fut d'abord surpris, puis pensa qu'ils devaient être bien, ainsi protégés l'un par l'autre, ensemble, et qu'ils étaient beaux. Samale était si belle comme ça, une partie d'elle-même ayant retrouvé sa sérénité. Elle finit par rouvrir les yeux au bout d'un long moment, le vit, et voulut partager avec lui ce qu'elle avait ressenti.

— Loïs, nous n'avons pas besoin de cacher notre vraie apparence. J'aime ces sensations du toucher, je crois sentir aussi l'odeur de mon fils et il sent si bon. J'aime sa douceur.

Elle était emportée par un élan optimiste de bonheur, et poursuivit.

— Peut-être n'ont-ils pas voulu nous tromper. Peut-être ont-ils cru que nous ne supporterions pas de nous voir tels qu'ils nous ont fait, et que nous leur en voudrions. Ils nous ont enlevé les sens du toucher, de l'odorat et du goût pour que nous ne soyons pas frustrés, car il fallait déjà supporter que l'on ne puisse plus fabriquer certaines jolies choses, ni utiliser certains objets nuisibles à l'environnement. Ils n'ont pas pensé qu'ils nous privaient du plus important, de ce qui fait la saveur de la vie ; le partage, le contact, le plaisir de goûter, de sentir.

Loïs écoutait Samale et essayait de comprendre. Ses sens à lui étaient moins éveillés et il n'avait pas encore ressenti de choses aussi agréables qu'elle avait l'air de le dire. Il lui sourit.

— La vie n'est ni belle ni laide, elle est comme chacun veut la voir, au-delà des apparences.

Il était temps pour moi de ramener l'enfant à l'appartement familial, pour que personne ne s'inquiète. De son côté, Chris voulait retourner au centre de recherches humaines vers l'hôpital. Il était persuadé qu'il y avait là-bas d'autres secrets importants que le chercheur n'avait pas eu le temps de révéler avant que l'alarme ne sonne. Malgré les mises en garde que nous lui exprimions à tour de rôle, il était déterminé à s'en assurer et prétendit qu'il avait déjà son idée pour rentrer dans les lieux. Samale et Loïs se retrouvèrent donc seuls tous les deux, un peu inquiets pour Chris. Ils poursuivirent néanmoins le cours de leur conversation.

— Je suis sûre que Georgia avait compris tout cela, elle avait compris que l'être humain est capable de supporter les adaptations inévitables de nos besoins matériels, de notre environnement, et même de notre apparence physique. Je pense qu'elle savait que le plus important n'est pas là, et que chacun peut comprendre qu'il est vivant par l'ensemble de ses sens et par sa relation à l'autre plus que par ce qu'il possède ou paraît. Si nous sommes tous ensemble, proches, nous pourrons vivre avec de nouvelles normes, une nouvelle réalité. On ne peut vivre dans le mensonge, le fictif. C'est là le message que mon aïeule voulait me faire passer.

Loïs acquiesça. Le raisonnement de Samale était le plus cohérent dans cet ensemble d'incohérence. Il avait envie de connaître lui aussi ces nouvelles sensations dont elle avait parlé, de les expérimenter. Se sentant soudainement et pour la première fois comme libéré des obligations usuelles de la Norme, il s'approcha d'elle et se cala contre son corps. Elle le regarda avec surprise, car elle pensa immédiatement à son mari. Ensemble, ils n'avaient jamais eu l'occasion d'un tel rapprochement. Mais son mari n'était pas là, ce n'était pas lui qui l'avait accompagnée ces derniers mois dans ses recherches, ce n'était pas lui qui partageait avec elle ces moments d'une intensité inconnue, et qui la faisaient se sentir exister vraiment, pour la première fois. Ils étaient maintenant allongés ensemble sur le sol d'un bureau. Ils s'enlacèrent, se caressèrent, et, geste après geste, progressivement happés l'un par l'autre, coulèrent naturellement, comme ayant réveillé leur mémoire inconsciente, l'un sur l'autre, puis l'un dans l'autre…

Samale découvrit le corps de l'homme, la largeur du cou, des épaules, la lourdeur, la solidité protectrice, puis le regard complice de son ami pendant l'amour physique, ses expressions lorsqu'il ressentait du plaisir. Elle se sentit transportée au-delà de l'existence. Enfin, elle n'était plus que son corps pendant ces instants. En parfaite harmonie avec celui qui partageait toute son histoire, elle pouvait explorer de nouveaux chemins, des voies d'elle-même qu'elle ne connaissait pas. Elle s'ouvrit, s'offrit. Elle respirait dans sa respiration, mêlait ses cheveux aux siens, ils croisaient leurs doigts, enlaçaient leurs jambes, faisaient se mélanger leurs moiteurs… Loïs caressa du bout des doigts le visage de Samale, et le parcourut comme si c'était un paysage ; des creux, des reliefs, des vallées, deux puits de lumière, une grotte, des sillons qui exprimaient mille choses. Tout l'univers dans le visage d'une seule femme, toute la vie dans ces quelques minutes.

Après cette découverte mutuelle, ils s'endormirent dans les bras l'un de l'autre, ne formant plus qu'un.

Avant de s'endormir Samale leva la tête et regarda en l'air : elle crut se voir dans le reflet du plafond légèrement brillant, couchée contre lui, remplie de lui.

Au réveil, ils furent heureux de se retrouver, de constater qu'il ne s'agissait pas d'un rêve. Ils se caressèrent à nouveau, tout doucement, et Samale, comme portée par un espoir qu'elle avait cru perdu, sentit et devina qu'elle portait déjà en elle la vie. Elle ressentait déjà ce lien qu'elle n'avait jamais pu connaître avec son premier enfant. Elle ne dit rien à Loïs, elle voulait garder ce sentiment pour elle seule un moment, l'apprécier égoïstement, le déguster. Elle n'avait pas peur, elle avait confiance à présent car elle savait que les hommes n'ont pas besoin d'artifices et qu'il vaut mieux vivre pleinement le moment présent que vouloir à tout prix se maintenir dans la Norme. Pour Loïs, il était déjà hors de question de se séparer à présent.

— Samale, tu vas être recherchée pour être entrée sans autorisation dans un centre de recherches en biologie humaine par imposture, et parce que tu connais maintenant trop de secrets. Si le chercheur a dit la vérité, la puce ne fonctionnera bientôt ni pour toi ni pour moi, puisque nous n'avons pas été « soignés », et aussi parce que le psychologique entraîne le physique. Plus nous rechercherons les sensations du toucher et du goût, moins la puce sera efficace. D'ailleurs, nous commençons à nous voir tels que nous sommes réellement, n'est-ce pas ?
— C'est vrai, et tu es beau tel que tu es réellement. Mais que faire ?

Ma sœur pensait au bébé qui allait grandir dans son ventre.

— Nous allons partir un moment, nous isoler et nous faire oublier le temps de digérer tout cela et de trouver des solutions. Je connais une maison, éloignée de tout, dans laquelle je ne suis allé qu'une seule fois avec mon ami astronome qui y avait installé il y a quelques années un télescope pour ses recherches. Ce sera sans doute une simple cabane maintenant ! La situation géographique de cette maison abandonnée est idéale pour étudier les étoiles et les planètes, nous y avions passé plusieurs jours, rivés sur l'appareil et sur nos cahiers de notes. Je n'avais absolument pas eu le temps de visiter les alentours, mais ce sera un endroit parfait pour nous, et c'est en bord de mer. Connais-tu la mer, Samale ?

— Non, je ne connais que cette ville. Nous n'avons jamais voyagé. Je voudrais voir la mer, je voudrais m'y baigner.

— Nous dirons à ta famille et à ton mari que tu as dû partir en cure et nous emmènerons ton fils avec nous, Visam nous y aidera. Quant à Chris, il pourra nous rejoindre s'il le souhaite.

Samale fut immédiatement d'accord. Il n'y avait pas d'autre possibilité et elle sentait qu'elle avait besoin de cet isolement avec Loïs pour que son corps et son esprit trouvent progressivement leur équilibre. Elle se rendait compte également que la perspective d'être séparée de lui ne plaisait pas après ce qui s'était passé entre eux. Ils étaient liés pour toujours, il était celui qui s'était inscrit dans sa chair, aussi monstrueuse fût-elle. Elle savait que le bébé à naître serait naturellement différent d'eux, et serait pourvu d'oreilles, d'un nez, de cheveux, et d'ongles puisqu'il ne naîtrait pas dans un

119

centre d'incubation, et échapperait donc à la mutation sur embryon. Mais pour eux c'était trop tard pour revenir en arrière, et il faudrait vivre avec ces différences.

Lorsque je revins à l'administration, ce fut avec de mauvaises nouvelles. J'étais repassé à l'hôpital pour attester que ma sœur avait disparu, et m'engager à prévenir les médecins si elle entrait en contact avec moi. Ce mensonge était indispensable pour préserver les familles. J'étais resté là-bas le temps de savoir si Chris était toujours sur place et j'avais surpris une conversation entre deux membres du personnel soignant. Un homme, apparemment un ancien patient venu pour le remplacement d'un membre inférieur et qui s'était enfui avec une autre patiente, s'était à nouveau introduit au centre recherches humaines. On ne savait pas ce qu'il y avait fait, et il avait ensuite disparu avant qu'on ne puisse l'arrêter. C'étaient des témoignages après coup qui avaient permis d'avoir connaissance de sa venue. On ne l'avait pas retrouvé. Après cette nouvelle, ma sœur, Loïs et moi décidâmes aussitôt de ratisser discrètement le secteur de l'hôpital pour retrouver Chris. Nous y passâmes près de trois heures, mais sans succès. Nous revînmes à l'administration épuisés et désespérés. Ils m'expliquèrent alors ensemble leur projet de partir avec le fils de Samale, loin de la ville, pour quelques temps. Malgré mes réticences, dictées par la peur de l'inconnu et la perspective qu'il puisse arriver quelque chose à ma sœur, je leur apportai immédiatement mon soutien et leur promis toute mon aide. Je devinai que ma sœur était plus forte qu'elle ne le paraissait, et le fait qu'ils soient ensemble me rassurait, car je savais que je pouvais compter sur Loïs pour la protéger. Je promis également de continuer à chercher Chris pendant leur absence, coûte que coûte. Avant que nous nous séparions, Samale me prit à part et m'annonça qu'elle pensait avoir créé cette nuit avec son compagnon un bébé à venir dans son ventre.

Quelques heures plus tard, Loïs et Samale étaient sur le trajet en train qui les menait à la maison du bord de mer, sans aucun bagage ou presque, avec l'enfant dans les bras et le peu d'affaires pour lui que j'avais pu prendre à la maison. Le train reliait deux villes, mais il devait faire un arrêt près de ce site pour des questions de sécurité, et ils seraient les seuls à descendre. Ils se dirigeaient vers ce qui serait leur fin ou leur avenir, sans certitude mais remplis d'espoir. Ce dont ils étaient sûrs, c'est qu'ils ne voulaient plus de mensonges, plus de tricheries. Ils voulaient se retrouver, car ils avaient l'impression d'avoir été perdus, transformés à leur insu dans leur nature physique et, par répercussion, dans leur esprit. Ils commençaient d'ailleurs à percevoir visuellement la réalité qui les entourait, l'environnement qui s'offrait à eux en dehors de la ville. Tout paraissait laid de prime abord, mais si vrai qu'ils s'en réjouissaient comme si enfin ils pouvaient sortir vraiment dehors, comme s'ils avaient été enfermés toute leur vie dans une pièce immense avec un décor imitant une réalité qui n'avait jamais existé. Plongés dans la rudesse du cadre naturel qui les entourait à présent, ils pouvaient voir enfin autre chose qu'un décor de carnaval ou un costume destiné à masquer la vraie nature des choses. C'était l'environnement de l'homme tel que l'univers l'avait créé. Nous étions en hiver, et les arbres gris aux feuilles cramoisies, les champs ternes et sans relief, le ciel pâle, les fleurs rares, c'était cela qu'ils voyaient, c'était cela qui allait devenir leur paysage quotidien, le décor de leur vie. Ils comprirent combien dans leur vie d'avant, les couleurs, les formes, les sensations visuelles étaient fausses, combien ce qu'ils prenaient pour des merveilles de la nature n'étaient en vérité que des illusions sans intérêt. Ils mesurèrent l'ampleur de la mystification dont ils avaient été victimes durant toute leur vie passée. Ce fut un soulagement et en même temps une grande souffrance causée par un sentiment de trahison vis-à-vis de l'humanité.

Ils regardèrent le paysage défiler par les fenêtres de ce train à la mécanique fatiguée, et c'est comme s'ils ressortaient du ventre de leur mère, comme s'ils accomplissaient le voyage de leur naissance une seconde fois.

DEUXIEME PARTIE :

La renaissance

Cela fait deux mois que Samale avec son fils et Loïs, vivent loin de leur ville, dans un très grand cabanon de vieilles planches au bord de la mer, au plus près des éléments de la nature. Vivre est un mot faible pour exprimer le bouillonnement qui s'est emparé d'eux depuis qu'ils ont mis le pied dans cet abri. Pour faire face à l'hiver et à des températures jamais ressenties dans leur vie d'avant, ils ont dû rafistoler quelques planches et trouver quelques tuiles pour combler les fissures. Ils ont également entrepris de fabriquer eux-mêmes des chaises et un lit pour eux et pour le petit. Il n'y avait que le minimum dans ce qui aurait pu servir au mieux de refuge ou de repère à quelques illuminés. Fabriquer par leurs propres moyens des choses utiles avec des matériaux trouvés dans la nature est une expérience qui leur procure un sentiment de fierté et de plaisir jamais éprouvées à ce point. Dans toutes les questions de survie qui se posent au quotidien, ils ont l'impression de redécouvrir leur existence, d'être nés à nouveau. Ils ont l'impression d'être le premier homme et la première femme sur la Terre. Tous leurs sens sont ouverts et libres à présent, c'est une perfusion de sensations qu'ils laissent pénétrer au plus profond de leurs entrailles, comme transportées dans les veines, dans tous les vaisseaux. C'est une exultation.

Au début, comme je leur rends visite dès que je le peux et reste le seul à connaître le lieu de leur cachette, je leur apporte de la nourriture de la Ville ; des gélules, des pâtes et des gelées contenant protéines, glucides, lipides, sucres, calculés au gramme près pour l'équilibre nutritif, et qui auparavant avaient l'apparence faussée de plats alléchants. Mais peu à peu ils n'en veulent plus et leur corps s'habitue aux nouveaux aliments, rejetant même ce qui fut son lot quotidien pendant tant d'années.

Samale prend conscience qu'ils n'ont jamais vraiment préparé un plat, puisqu'ils s'en tenaient comme tout le monde à assembler des éléments calibrés selon des considérations techniques et médicales.

— Je veux que nous fassions de la vraie cuisine, que nous apprenions à transformer tout ce qui est comestible pour le rendre plus goûteux, dit-elle à Loïs.

— Mais comment ? répond-il.

— Nous allons chercher, nous allons faire des expériences. Je suis sûre qu'il y a des moyens et que nous allons nous amuser !

Commence alors une quête culinaire des plus hasardeuses et rudimentaires. Ils sentent l'odeur des arbres et des plantes, qui, même s'ils ne ressemblent pas à de merveilleuses compositions exotiques, ont l'avantage d'être « vrais ». Ils goûtent des racines, quelques fruits sauvages comme des mûres sur les ronces, et, découverte miraculeuse, des fraises des bois et des champignons qu'ils identifient avec peine grâce à des documentations que Loïs a pris soin d'emporter. Ces documents précieux étaient classés et méticuleusement répertoriés dans la salle secrète de l'administration, et il avait eu le sentiment lors de sa visite en solitaire dans cette salle, qu'il en aurait l'usage un jour.

Ils découvrent la différence entre le cru et le cuit. Ils apprennent ensemble, après beaucoup d'opiniâtreté, à attraper dans la mer toutes sortes d'êtres qui y vivent ; des poissons et autres mollusques, en général de couleur verdâtre ou grisâtre, mais d'un goût exquis une fois cuisinés au feu de bois. Les insectes sont également une source inépuisable de recettes toutes plus innovantes les unes que les autres, et les racines et plantes qui poussent là s'accommodent chaque jour dans les préparations les plus inventives de ces petites bêtes si diverses. Jamais leur imagination bridée par la puce n'aurait pu aller aussi loin dans ce que la nature a élaboré de formes d'insectes et de plantes. Ces expériences culinaires occupent une grande partie de leurs journées et le fils de Samale ne se fait pas prier pour y participer. Chaque geste du quotidien devient un jeu et leur vie un terrain d'expérimentation.

Loïs lance plusieurs fois par jour, comme un jeu :

— J'ai faim, on part en expédition ?

Samale est très attentive à son fils et se rappelle constamment la promesse qu'elle lui avait faite dans leur vie d'avant ; de toujours le protéger et qu'il ne manquerait jamais de rien. Ici, elle sait au fond d'elle qu'elle lui donne ce qu'il y a de plus précieux ; l'apprentissage de la liberté.

Malgré un chamboulement radical dans la façon de se nourrir, les différentes fonctions de digestion, d'absorption et d'élimination réagissent comme si elles trouvaient quelque part dans une mémoire inconsciente les souvenirs de ces consistances naturelles, de ces chairs, ces fibres, ces calcifications, ces graines…

Ils mangent comme des primates ; avec leurs mains pour le toucher, avec leur odorat ensuite car ils aiment sentir l'aliment avant de le porter à la bouche lentement pour en ressentir toutes les textures, les contrastes, les nuances. Il leur arrive de recracher, pour ré-ingérer ensuite avec la conscience des effets de la salive, de la mastication.

Ils se touchent continuellement, se caressent, se serrent l'un contre l'autre, exultent de sensations. Ils parlent souvent de ce qu'ils ressentent, les contacts du corps avec l'autre et avec la nature, l'air ambiant si vif en contact avec la peau et qui entre dans le corps par la respiration, comme entrent l'eau et la nourriture. Lorsqu'ils se blessent, c'est un émerveillement de voir comment le sang coule puis coagule, sèche, forme une croûte qui sert de barrière, puis comment la peau se reconstruit jour après jour jusqu'à effacer même le souvenir de l'égratignure. Si la blessure est plus profonde, il faut faire preuve de réflexion et d'imagination, observer comment la nature et les animaux se soignent et les imiter. Petit à petit et au fil des expériences malheureuses mais constructives, ils se constituent une sorte de pharmacie d'urgence avec des mélanges de plantes qu'ils identifient et définissent selon leur action thérapeutique propre.

Loïs cultive du tabac, avec lequel il fabrique des cigarettes. L'idée lui en est venue alors qu'il préparait un feu pour cuire des poissons : il avait enroulé des brindilles avec une feuille de noisetier, pour disait-il, « parfumer le poisson ». Les brindilles chaudes fumaient au contact de la feuille verte et fraîche, et, sans le faire exprès, il a aspiré la fumée en voulant souffler sur le feu. La sensation de la fumée douce et parfumée passant et repassant dans sa gorge lui a plu. Après de nombreux essais avec des végétaux de toutes sortes, il a mis au point son propre tabac qu'il cultive à présent dans de grands bacs. Il a pris l'habitude de fumer très lentement le soir sur leur terrasse, en appréciant les nuances, l'âcreté et le goût de chaque respiration dans sa trachée. Samale aime le regarder lorsqu'il aspire lentement, les yeux dans le ciel, puis dégonfle son thorax pour refouler la fumée avec cette sensation de plaisir et de plénitude… Elle a l'impression de pouvoir suivre par la pensée le chemin précis de la fumée dans le corps de celui qu'elle aime, dans sa trachée, ses poumons, sa gorge. Elle ne fume pas mais en l'observant ainsi, c'est comme si elle partageait ce moment avec lui.

Tous les trois se délectent du toucher des troncs d'arbres, du bruit des ruisseaux toujours pressés et de la beauté des mouvements de l'eau sur les cailloux, du clapotis des vagues et de l'odeur de la mer, de l'envol d'un oiseau, de l'horizon au loin, de la rosée sur les toiles d'araignée, du spectacle de la pluie et de ses gouttes sur le corps…

Parfois ils sont tellement immergés dans leurs observations qu'ils ont l'impression qu'il serait possible de se glisser dans les éléments naturels ; l'eau, la terre, l'air et le vent. Devenir une part de ces éléments, les investir et se déplacer avec eux, puis se retirer doucement pour revenir en eux-mêmes… Partager avec eux l'espace et le temps. A certains moments, ils ne voudraient rien d'autre que la sensation physique, le goût, le toucher. Ce sont leurs sens qui leur donnent enfin le sentiment d'être, la conscience de faire partie d'un ensemble. Chaque sens leur donne un peu plus d'existence, un peu plus de présence dans le monde. La vie, ils la ressentent à l'intérieur d'eux-mêmes, mais aussi à l'extérieur, dans la réalité de chaque chose, chaque plante, chaque animal autour d'eux.

C'est la vie dans toutes ses dimensions, dans toutes ses possibilités, ses ouvertures. La vie que l'on déguste jusqu'à l'intérieur de soi. On a retiré les décors factices et on se trouve face à la réalité du monde ; le vent, le froid, les couleurs de la nature, la terre, le vide, l'espace, l'univers infini. Pour appréhender toutes ces dimensions, Loïs explique à Samale le secret des planètes, des galaxies, de l'immensité. Tout ce qu'il vit ici lui donne à expérimenter avec elle ce qu'il a tant étudié en théorie depuis l'intérieur de son petit laboratoire ; la création, la production de véritables œuvres artistiques transcendées par la dimension supérieure de l'univers.

Ils font une découverte majeure pour eux à ce moment-là : avec joie ils prennent conscience que lorsqu'ils observent le ciel le soir, ce qu'ils voient est identique à ce que Loïs observait déjà en ville ou dans cette maison il y a longtemps. Le ciel est toujours le même, les étoiles, les galaxies sont en tout point identiques à ce qu'elles ont toujours paru! C'est un point de repère déterminant car c'est le seul décor qui reste inchangé depuis que leurs puces sont inactives ; l'authentique décor créé par l'univers. Cela signifie que le traitement et la puce ne modifiaient pas la vision du ciel ; les scientifiques n'ont pas intégré cet élément dans le programme de l'ordinateur central, sans doute parce que ce n'était pas nécessaire. Ils n'ont donc pas été trompés sur tout. C'est un soulagement, le symbole de la réalité absolue.

« Le ciel est notre véritable monde, notre décor naturel immuable et rassurant », a écrit Samale sur le mur de la pièce de vie dans leur cabane.

— Mon chéri, dit-elle à son fils, lorsque tu douteras des hommes et du monde, regarde bien le ciel, lui ne te mentira jamais.

Loïs passe beaucoup de temps à créer, dans tous les domaines qu'il lui est permis d'aborder. Il peint avec des pigments naturels qu'il trouve en creusant la terre ou en broyant des plantes. Il dessine sur les murs de leur cabane avec le fils de Samale. Ils produisent ensemble des sons et de la musique avec tout ce que la nature peut mettre à portée de leurs mains. Ils fabriquent des poteries, des bijoux en matières organiques, des vêtements uniques que Samale dessine et qu'ils tissent eux-mêmes et teignent avec ces mêmes pigments. Ils réalisent des compositions florales et végétales… Chaque séance de création commence par un moment de méditation partagée destiné à se rapprocher de la dimension universelle des planètes et de leur force créatrice, qui les illumine. Puis, lorsqu'ils sentent l'univers en eux, et qu'ils ne sont plus qu'un élan créatif, ils se lancent et laissent tout leur corps et toute leur âme s'exprimer jusqu'à les vider de leur inspiration, avec le sentiment unique d'être remplis en retour des éléments de l'univers. Loïs utilise ces expériences pour alimenter encore ses recherches, et poursuit sa quête des secrets de la création. De même qu'il a entrepris de répertorier toutes les espèces vivantes rencontrées depuis leur installation, persuadé de l'utilité de chacune dans l'équilibre global, il consigne avec précision toutes les sensations, réactions et impressions de la petite famille et remarque des recoupements, tire des conclusions qui orientent les expérimentations suivantes. Pour lui, poursuivre son projet est indispensable car il est de plus en plus convaincu de l'intérêt de sa théorie, même s'il ne sait pas encore où elle le mènera.

Samale ne fait plus de cauchemars. Elle rêve parfois. Elle vole, doucement posée sur un nuage qui la transporte au-dessus de la terre et jusque dans l'univers. Doucement, silencieusement, elle circule entre les planètes, qu'elle frôle, les caressant au passage du dos de la main. Son corps est une plume, un morceau de nuage, un souffle dans le vide de l'espace. Elle se réveille légère et heureuse, certaine d'avoir fait le bon choix et pleine d'entrain et de curiosité pour tout ce qui reste encore à découvrir.

Elle commence à peine à voir son ventre s'arrondir. Elle a annoncé la nouvelle à Loïs il y a peu de temps car elle ne voulait pas le brusquer.

— Nous portons un enfant, Loïs.

Elle a employé le « nous », car elle veut partager véritablement cette grossesse naturelle avec lui.

Il n'a pas été surpris ; il se doutait qu'elle portait la vie en elle, cela se ressentait dans toute sa physionomie. Il m'avait fait partager en aparté cette douce impression lors de ma dernière visite.

— Depuis quelques semaines, ses yeux pétillent, sa peau est pleine, elle mange et boit avec plaisir, elle déborde d'énergie.

Il est ravi et heureux de vivre ici ces moments uniques avec elle et son premier enfant. De son côté, il a tenu à informer - avec délicatesse- Samale que son mari connaissait l'existence de photographies tenues secrètes dans une salle du laboratoire de l'administration. Ca ne signifie rien quant à son rôle éventuel dans tout cela ; peut-être ne sait-il rien. Il faudra voir cela avec lui lorsqu'ils se mettront à nouveau en relation avec les familles, ce qu'ils envisagent d'ici quelques semaines.

— Mes proches me manquent tant, soupire souvent Samale.

Pour l'instant cependant, l'optimisme retrouvé et la confiance de Samale en l'avenir encouragent Loïs à la suivre pleinement dans ses convictions. Alors qu'elle a traversé dans un premier temps une phase de dépression terrible causée par l'écroulement de ses certitudes, dépression qui l'avait conduite à l'hôpital, elle paraît à présent sûre d'elle et heureuse de ce qui les attend, quelle qu'en soit la teneur. Ils vont poursuivre leur vie ensemble, hors de la Norme, et seront une famille.

Loïs ne parlait jamais de sa condition de célibataire auparavant et éludait cette question, détournant le sujet ou jouant la dérision. Il prend conscience qu'il avait peut-être inconsciemment l'intuition de dangers et n'avait pas assez confiance en l'avenir pour fonder une famille. A présent, avec Samale, tout est différent. Les choses prennent une tournure naturelle qui n'appelle pas le doute.

Ils parlent souvent de Georgia et de la façon dont ils vont pouvoir la prévenir que son message est bien passé, qu'elle a eu raison de faire ce qu'elle a fait, qu'il ne faut plus mentir, qu'il faut vivre la réalité car l'homme en est capable.

Le temps passe lentement, tellement plein de la vie. Samale sent de plus en plus que cette vie est aussi à l'intérieur de son ventre. Elle apprécie cette sensation de ne pas être seule dans son corps, puisqu'elle le partage au plus profond qu'il soit possible. Elle est à présent physiquement reliée à un autre être et ils sont solidaires dans chaque mouvement. Elle se doit de prendre soin d'elle pour lui aussi.

La présence du bébé en elle la comble. Ils sont chacun une partie de l'autre et elle sent déjà que même après sa naissance, elle aura toujours ce sentiment. Etrangement, le lien avec son premier fils s'en trouve également renforcé alors qu'elle ne l'a pas porté dans son ventre. Mais la fraternité les unit et cela touche Samale. Lorsqu'elle regarde son fils, son ventre rond, sa nouvelle maison, elle se demande comment sa vie d'avant pouvait lui suffire.

Ce cinquième mois d'exil, ils attendent ma visite, car je leur ai annoncé une grande nouvelle, sans vouloir leur en dire plus. Ils sont tranquillement assis sur la terrasse de leur cabane, et profitent du bruit des vagues et de la douce brise sur leur visage. Ils se regardent, n'ont à présent aucune répulsion à se voir tels qu'ils sont vraiment, avec pour tout vêtement leurs tuniques couleur de sable. Ils ont tourné en dérision leur apparence physique de mutants ; il leur arrive de se dessiner mutuellement, puis de compléter le dessin avec un nez disproportionné, des oreilles immenses, des cheveux qui font une longue traîne derrière eux... Cela les amuse et fait beaucoup rire le fils de Samale, qui voit là un jeu désopilant. Celui-ci enchaîne souvent sur un dessin d'escargot ou de taupe auxquels il ajoute les mêmes attributs. Pour lui ce sont des détails sans importance, des sujets de distraction.

J'arrive enfin. Je suis soulagé d'avoir quitté pour un moment mon environnement habituel. En effet, j'ai de plus en plus de mal à vivre en ville et à cacher à tous nos proches la nouvelle vie de Samale avec son enfant et Loïs. Nos parents ne savent pas encore qu'elle est enceinte, elle veut leur annoncer elle-même lorsqu'ils se reverront. Pour moi, le quotidien est d'autant plus difficile que je n'ai pas fait revoir mon traitement et que je suis à présent dans les mêmes dispositions physiques qu'eux, à ceci près que je vis toujours parmi les « normaux ». Mon psychique n'a pas pu complètement s'imposer et je lutte constamment contre l'influence de la puce.

Je leur donne rapidement des nouvelles de la famille et des proches : tout le monde se porte aussi bien qu'il est possible.

— Ton mari appelle souvent, Samale, et il demande
    gentiment à voir son fils. Il n'est pas dupe et voudrait
    comprendre ce qui se passe, pourquoi cette prétendue cure
    dure aussi longtemps. Et surtout, il a bien remarqué que
    Loïs avait disparu « pour raison médicale » de

l'administration en même temps que toi. Il faudra bientôt tout lui dire.

Samale est persuadée qu'on peut lui faire confiance et qu'il n'a certainement jamais eu de mauvaises intentions, même s'il en savait plus qu'il n'en disait. Elle connaît peu son mari finalement, mais il est inconcevable que les liens entre les familles puissent ne rien signifier pour lui.

Après nombre d'embrassades et accolades dont nous ne nous lassons pas, suivies de baisers et caresses pour l'enfant, je demande à Samale et Loïs, ainsi qu'au petit, de fermer les yeux, car je ne suis pas venu seul et dis avoir quelqu'un à leur présenter. A cette nouvelle, tous les trois s'exécutent avec impatience. Lorsqu'ils rouvrent leurs yeux, Chris est devant eux, tel que la réalité le montre.

Une surprise de taille retient la joie de Samale et Loïs de le retrouver ; Chris apparaît de couleur marron. Sa peau est entièrement colorée de haut en bas. Le fils de Samale, qui n'a pas conscience de cette différence après plusieurs semaines de découvertes incessantes et variées, se jette dans ses bras dans un élan habituel de spontanéité.

— Que t'est-il arrivé, Chris ? demande Loïs.

Je réponds à sa place pour lui faciliter la tâche :

— Chris est noir. C'est sa vraie couleur de peau. Tous les humains ne sont pas blancs comme on a voulu nous le faire croire. Il y a des noirs, des blancs, plus ou moins foncés, des roux avec de petites taches…une multitude de teintes et de nuances différentes. Mais on ne pouvait pas voir cela avec le traitement.

— Mais, est-ce que tu es différent à l'intérieur ? demande Samale.

— Non bien sûr, répond Chris. Ce n'est qu'une question de pigments de peau, comme les couleurs que tu utilises pour teindre les tissus! C'est joli, n'est-ce pas ?

— Très joli, répond Samale. Parfaitement assorti à tes beaux yeux verts. Mais pourquoi nous ont-ils caché cela aussi ?

— Il me semble, répond Chris, que ces différences de couleurs posaient problème à une partie des êtres humains entre eux : on ne sait encore pas trop pour quelle raison. Ils ont voulu simplifier la question puisque la puce leur en donnait la possibilité. Ainsi tout le monde avait la même apparence. C'est certainement un des sujets apparus par opportunité plutôt qu'à la suite d'un objectif fixé dès le départ.

Mais la nature a fait des fleurs, des poissons, des coquillages de toutes couleurs et de toutes formes. C'est la preuve qu'elle n'aime pas l'uniformité.

Nous acquiesçons et nous jetons tous quatre dans les bras l'un de l'autre, en prenant garde à Samale et à son ventre rond.

— Mais où étais-tu, Chris ? Nous t'avons cherché partout dans la ville. Que s'est-il passé ?

— Je n'ai pas pu vous donner de nouvelles plus tôt. C'était trop risqué et préférable qu'ils concentrent leurs recherches sur moi ; ainsi ils ne partaient pas dans votre direction. Je ne voulais pas vous mettre en danger. Lorsqu'on n'est plus sous l'influence de la puce, comme c'était mon cas, on voit la réalité de la ville, et notamment les bâtiments inutilisés et laissés à l'abandon, ce qui est utile! Je me cachais en me déplaçant la nuit d'un bâtiment inoccupé à un autre pour brouiller les pistes ; c'était éprouvant mais excitant aussi. Puis quand Visam m'a retrouvé récemment et tout raconté, j'ai tout de suite voulu vous rejoindre car la vie en ville m'est devenue malgré tout pénible, même si je crois qu'ils ont abandonné les recherches à présent.

— Viens t'asseoir, Chris, et raconte-nous tout ce qui t'est arrivé depuis que tu as quitté l'administration cette fameuse nuit.

Chris s'installe et commence son récit.

— Je suis parti directement pour l'hôpital comme je vous l'avais dit. Je voulais entrer à nouveau dans le centre de recherches humaines et j'avais mon idée en tête pour réussir à y pénétrer. Samale, te souviens-tu que lorsque nous y sommes allés, il y avait tout un groupe de chercheurs dans la première salle ? Eh bien, j'avais remarqué que l'un d'entre eux nous observait discrètement et semblait curieux de notre présence. Il s'était arrangé pour se retrouver plusieurs fois sur notre chemin ou près de nous pendant la visite, et ne nous avait que très peu quittés des yeux.

— Je n'avais rien remarqué, répond Samale. J'étais si abasourdie par le discours de notre guide.

— L'homme dont je te parle a très bien remarqué combien tu avais de plus en plus de difficultés à tenir sur tes jambes, que tu devais t'appuyer pour ne pas tomber, que tu te décomposais de plus en plus. C'était très visible mais celui qui nous conduisait était tellement pris dans l'excitation de sa propre démonstration qu'il n'était pas du tout attentif. Lorsque finalement l'alarme a sonné, nous avons filé pendant que les chercheurs étaient occupés à savoir qui étaient les fugitifs. Je me suis retourné à un moment donné car je n'entendais plus de bruit derrière nous. Là j'ai vu cet homme pousser un chariot pour barrer le passage des autres, et actionner la fermeture des portes, ce qui les a empêchés de nous poursuivre. C'est grâce à lui que nous avons pu nous enfuir aussi facilement.

Samale n'avait rien vu de tout cela.

— Tu as retrouvé cet homme ?

— Mieux que cela. Je me suis dit qu'il n'y avait pas de raison pour qu'il ne veuille pas m'aider à nouveau. Son geste était volontaire, donc il avait forcément une motivation derrière ce coup de pouce. Une fois arrivé dans l'hôpital comme simple visiteur, je me suis à nouveau déguisé en médecin, et j'ai attendu de l'apercevoir dans le hall pour aller lui parler. Faisant mine de tomber sur lui par hasard au détour d'un couloir, je me suis approché pour lui demander un renseignement quelconque. Dès qu'il m'a vu, il m'a reconnu et m'a proposé une boisson au café de l'hôpital. Nous nous sommes installés et là, il m'a indiqué sur un morceau de papier d'emballage l'heure d'un rendez-vous un peu plus tard, à deux pas du centre de recherches humaines. Puis il s'est levé et il est reparti le plus naturellement possible dans un couloir. J'ai patienté caché dans une salle inoccupée servant de débarras au sous-sol, et je suis allé au rendez-vous le soir même. Il était bien là, il m'attendait. Il avait la clé du centre, le code de l'entrée et celui qui éteint l'alarme. Les locaux étaient déserts cette fois, pas de lumière ni âme qui vive. Arrivés à l'abri de tout regard à l'intérieur, il s'est mis à me parler, m'expliquant que lorsqu'il nous avait vus, il avait tout de suite compris que nous n'étions pas les professeurs que nous prétendions être et dont les noms étaient inscrits sur nos blouses. Il se trouve qu'il connaissait l'un des deux de vue pour avoir assisté à une de ses conférences récemment. Il n'avait pas voulu donner l'alarme car il voulait voir ce que nous allions faire ; il était prêt à nous démasquer s'il le fallait. Mais quand il a compris que nous n'étions pas dangereux, il a décidé de nous aider. Il m'a expliqué qu'après notre départ, pour justifier son geste auprès des autres chercheurs, il a prétexté que dans l'affolement, voulant fermer les portes devant nous pour nous empêcher de nous enfuir, il avait maladroitement appuyé sur le mauvais bouton, verrouillant celles qui se trouvaient derrière. Il a pris des risques mais s'en est sorti.

— Mais pourquoi vouloir nous aider ? demande Samale. N'a-t-il pas participé lui aussi à toute cette tromperie ?

— Il m'a expliqué qu'ils étaient plusieurs à douter du bien-fondé de la puce sur l'homme à long terme, que tout avait été décidé sur l'avis d'un petit nombre mais que certains n'étaient plus d'accord. En effet, la puce résout certaines questions fondamentales à court terme, notamment le risque de dépression massive dû à l'obligation soudaine de stopper net toute possibilité de production industrielle et donc le maintien d'un certain confort, et à la difficulté de soigner tous les malades. Mais à plus long terme, elle risque de dénaturer complètement les êtres humains en les poussant à se conduire comme des machines dépourvues de sentiments les uns envers les autres, et aussi envers eux-mêmes. Les relations ne seraient plus induites par notre empathie naturelle mais par les règles dictées par la Norme. Dans tous les cas, cela conduit à l'extinction de l'espèce humaine. Ce chercheur est persuadé qu'il aurait mieux valu expliquer la situation, les enjeux, et apprendre à chacun à se responsabiliser pour accepter la fin de la société de consommation et du paraître, du gaspillage des ressources naturelles et de la pollution. En échange, on pouvait gagner une qualité de vie dans la simplicité, les merveilles de la nature, la santé par un rythme adapté à nos possibilités, le plaisir d'être ensemble même sans posséder, d'apprécier ce que la nature et l'humain nous offrent.

Lorsque nous avons pénétré ensemble dans le laboratoire, ce scientifique a vu que nous cherchions à obtenir des informations dans ce sens, et compris qu'il pouvait nous laisser faire. Lorsque je l'ai revu et qu'il m'a fait rentrer au centre, il m'a expliqué tout ce que je viens de vous dire et m'a dit ensuite qu'il voulait me montrer quelque chose. Il y a une salle fermée que nous n'avions pas pu voir, qui renferme tous les projets en cours. Dans cette salle, des secrets plus extravagants encore que tout ce que nous avons découvert jusqu'à présent. Les chercheurs et les dirigeants, encouragés par les résultats de la puce et se sentant tout-puissants du fait de leur supériorité technique, ont prévu et planifié d'autres modifications dans le corps humain, dans le but de réduire toujours davantage les imperfections, les maladies, les besoins physiologiques. Pour eux, la solution viendra d'une mutation physique complète apportée par l'homme sur l'homme. Pour notre ami, s'il y a mutation ce sera sur l'homme mais par la nature, comme cela a toujours été.

Il m'a expliqué que la mise au point des prochaines modifications était déjà très avancée et qu'il craignait de ne pas pouvoir arrêter le processus s'il ne trouvait pas d'autres convaincus pour se joindre aux quelques scientifiques récalcitrants. Parmi ces modifications par exemple ; les yeux, trop fragiles et trop coûteux en soins, seraient remplacés par de minuscules fibres optiques intégrées à chaque pore de la peau. Nous verrions ainsi par n'importe lequel de nos membres et à trois cent soixante degrés. La peau quant à elle serait transparente, pour permettre un diagnostic facilité lors d'un problème médical. Le cou serait supprimé car il fragilise la tête, qui serait alors un prolongement du haut du torse, les doigts seraient soudés en pinces plus puissantes… Des idées de mutations comme celles-ci, il y en a des dizaines, sorties de la tête de scientifiques déconnectés de toute notion de la nature humaine, préoccupés uniquement de performances techniques.

Finalement, l'être humain ressemblerait à une sorte de machine pensée avant tout en rapport avec des critères économiques et pratiques. Une sorte de super-machine. D'après notre ami chercheur, les intentions au départ n'étaient pas de réduire l'homme mais plutôt de le sauver de lui-même. Les dirigeants sont restés sur cet objectif raisonnable mais ils ont été bousculés puis dépassés par les chercheurs, grisés eux-mêmes par le succès de leur technique et de leurs découvertes. Ce sont eux qui ont pris les choses en main, forts de leur supériorité scientifique. Ils ont imposé leur point de vue sans rencontrer réellement de forte opposition.

En effet, les mutations physiques qu'ils ont opérées sur tous les êtres humains, dont les Anciens, n'étaient pas indispensables. Le traitement normatif prévoyait de modifier la perception visuelle des choses et des gens, et d'annihiler les sens du goût, de l'odorat et du toucher. C'était déjà beaucoup. Ces chercheurs ont fait du zèle et se sont tout permis ; leur démarche abusive revient à une grave violation du respect de l'intégrité humaine, qui plus est à notre insu. Ils ont outrepassé leurs droits, et considéré le corps humain comme un simple objet d'expérimentations, sans consultation extérieure. Ils méritent d'être jugés. Les dirigeants politiques, quant à eux, se sont laissé berner et jeter de la poudre aux yeux, perdant tout discernement. Ils ont cru accéder au contrôle total du mystère de la machine humaine.

Dernièrement, les rares chercheurs éminents opposés à ces évolutions, dont notre ami, se sont regroupés pour mettre en place une stratégie destinée à arrêter ces programmes, et revenir à un état naturel par l'éducation et la responsabilisation. J'ai personnellement adhéré à leur groupe. C'est à ce moment-là que Visam m'a retrouvé, et quand il m'a raconté ce que vous viviez loin de tout, j'ai compris que vous aviez déjà mis en pratique sans le savoir leurs recommandations…

Samale et Loïs approuvent. Oui, non seulement on peut vivre avec la nature, sans avoir besoin de la puce, mais une fois que l'on a goûté à tous nos sens, il est impossible d'accepter de revenir en arrière.

— Chris, n'y a-t-il pas moyen de désactiver la puce, sans avoir à subir une intervention chirurgicale ?
— J'allais y venir. Mon ami chercheur m'a ensuite amené dans une salle d'intervention, où il m'a dit que puisque ma puce s'était mise en défaut, -ce qui arrive lorsqu'un choc émotionnel et psychologique fort vient la perturber et qu'on ne le traite pas immédiatement- il était possible de choisir : soit la réactiver, soit la rendre provisoirement inutilisable par un procédé d'auto-désactivation simple et rapide. Cette fonctionnalité a été une des seules conditions imposées par les dirigeants aux chercheurs, en cas de dysfonctionnement massif du système central. J'ai choisi la deuxième solution et malgré la difficulté de vivre en ville dans ces conditions, je ne regrette pas.

Chris termine ainsi son récit, laissant son auditoire admiratif et plein d'espoir.

A ce moment-là, Samale, Loïs et moi-même comprenons que tout n'est pas perdu, que d'autres existent et vont venir, qui auront les mêmes aspirations que nous ; notre groupe grossira et finira par s'imposer. D'autant plus si nous parvenons à y intégrer tous les Anciens qui se trouvent dans des centres, comme Georgia, et qui pourront finir leur vie auprès des leurs. Samale pense à notre aïeule.

— Georgia, si coquette, qui continuait dans le Centre à mettre de faux ongles décoratifs car elle n'avait certainement pas pu conserver ses beaux attributs naturels… Elle portait certainement aussi de faux cheveux… Bienveillante et si intelligente Georgia, qui à chacune de mes visites était désolée de me voir, ainsi que mon bébé, vivre dans un monde faux et voué à l'échec. Comme elle a dû souffrir, comme elle a dû retourner la question dans sa tête, se demander quelle était la meilleure décision à prendre. Comme elle a dû avoir d'occasions de se torturer l'esprit, quand elle a reçu la visite d'autres membres de la famille par exemple. Peut-être en parlait-elle avec d'autres Anciens, peut-être ont-ils pris la décision ensemble avec son mari ? Elle portait sur ses épaules tout l'avenir de l'humanité ; elle a dû décider selon ce que son cœur lui dictait car la raison ne lui aurait pas permis de prendre la bonne décision.

Samale revoit en mémoire le très beau portrait peint que le mari de Georgia avait fait de sa femme et qui doit toujours être dans le bureau de notre père : sans doute a-t-il été réalisé juste avant qu'ils ne soient modifiés physiquement, ou plutôt juste après, de mémoire. L'artiste a certainement cherché par cette peinture à imprimer de façon forte dans sa mémoire ce qu'était l'authentique image de sa femme, doutant peut-être de ce qu'ils allaient devenir. Maintenant que Samale sait que ce sera possible, elle voudrait qu'ils soient tous réunis. Elle voudrait toucher leurs mains, se sentir reliée à eux physiquement aussi.

Plus tard dans la soirée, elle est assise seule dans un grand fauteuil. Elle se regarde depuis l'intérieur. Elle voit un peu le dessus de sa lèvre supérieure, ses paupières internes, elle voit son corps avec son ventre rond. Elle se dit :

— Je suis à l'intérieur de cette enveloppe, c'est mon existence physique, indécollable de moi-même. Les autres ne peuvent voir que la partie extérieure de l'enveloppe. » Elle se dit qu'elle voudrait pouvoir retirer cette peau pour la retourner, la soigner, la faire belle de l'intérieur et puis la remettre. Un peu de distance avec le corps. Et l'investir ensuite à nouveau, pour finalement ne faire plus qu'un avec lui.

Elle cherche où en sont les limites, les contours, les bords. Où sont les points de contact, d'échange, de fusion avec le reste du monde et avec les autres. Son bébé dans son ventre, lui, est le seul en contact avec l'intérieur d'elle. Lorsqu'il bouge, elle a l'impression qu'elle peut le sentir contre ses organes, contre sa peau intérieure.

On n'est pas seulement à l'intérieur de notre corps, on existe aussi en dehors de lui. Samale repense à ces musiciens qu'elle a pu observer lors des si nombreux concerts auxquels elle a assisté avec tant de plaisir. Elle avait déjà eu cette impression qu'ils se transfèrent dans leur instrument, qu'ils renoncent à leur personnalité propre pour la faire passer dans le corps du violon ou du piano prenant vie sous leurs doigts. Ils deviennent leur instrument le temps d'un concert, puis ils réintègrent le corps qui leur sert d'habit, qui leur permet d'être visibles des autres.

Elle cherche ce qui fait qu'elle peut dire si elle existe, si elle est dans le monde. Où se trouve la réalité et ce qu'elle signifie. Que faut-il faire pour se sentir appartenir au monde, pour y gagner sa place légitime ? Assise ou allongée, parfois, elle ne bouge plus du tout, et alors elle oublie ce corps comme si elle était à côté, en dehors. Elle ne le sent plus. Elle a l'impression de le quitter un moment, comme en apesanteur, pour y revenir plus tard. Elle est libérée de tout ; les objets qui encombrent et attachent, ce corps qui pèse. Sans eux elle est une part du vent, de la légèreté de l'air, elle est-ce vrai monde qui lui a tant manqué.

D'autres fois, au contraire, elle n'est plus que son corps. Elle vit dans la sensation physique, le goût, le toucher, tous les sens en éveil, en osmose avec ce qui l'entoure. La nature, l'univers, tout cela la pénètre et devient une partie d'elle.

Etre soi-même, c'est trouver sa place dans ce qui nous entoure, retrouver ce que l'on était déjà avant de devenir.

On ne part pas de rien, on ne peut pas nous transformer entièrement en autre chose.

Si la nature fait évoluer le corps humain, Samale est sûre que ce sera dans le sens d'un échange entre les hommes et la nature, et entre les hommes les uns avec les autres. Ne serait-ce pas merveilleux de pouvoir se relier avec quelqu'un physiquement, avoir la possibilité de coller une partie de soi à l'autre ? Relier les vaisseaux, les muscles et les organes pour mieux échanger, partager, respirer l'un par l'autre, boire et se nourrir dans l'autre, comme le bébé dans son ventre. Comme les arbres qui restent reliés entre eux par la terre dont ils viennent, la terre protectrice et nourricière.

C'est la nuit. Samale est maintenant allongée, presque endormie. Elle tient la main de Loïs et celle de son fils, et elle sent le bébé qui bouge dans son ventre. Elle peut voir, tout voir autour d'elle et à l'infini, les yeux fermés. Elle entend parfaitement, elle sent mille odeurs, elle touche tout ce que la terre a créé, elle goûte ce que la nature lui apporte. Elle ne bouge pas mais elle se sent couler, glisser partout où elle veut. Tu es là, il est là, ils sont là avec elle, unis, formant un tout avec l'univers, dans l'échange total d'eux-mêmes pour toujours.

Elle existe avec eux par ce qu'ils ont de plus vrai.

Elle tourne légèrement la tête et regarde en l'air : la nuit fait ressortir la brillance bienveillante des astres.

***

147

Quatre années se sont écoulées depuis la dernière visite de Samale à Georgia, dans le Centre des Anciens.

Elle vit toujours au cœur de la campagne avec Loïs et leurs deux enfants, et leurs familles respectives qui les ont rejoints, dont moi-même avec ma femme et ma fille, et Georgia et son mari, évidemment les premiers à s'être installés après la réouverture des portes des Centres des Anciens. Ce jour-là, tous les Centres de toutes les villes du monde se sont ouverts en même temps, sur décision unanime. Un jour extraordinaire, qui restera dans toutes les mémoires car à l'annonce de la nouvelle, une foule de descendants attendait, le corps rempli d'émotion, devant chaque Centre, la « libération » de leurs aïeux.

Ensuite, bien d'autres familles sont venues progressivement s'installer, dont celle du mari de Samale, qui a fini par rallier leur groupe et par accepter le choix de sa femme. Samale vit maintenant avec Loïs, et son ex-mari a depuis peu fondé une nouvelle famille avec une autre femme. Très compréhensif et conscient des enjeux, il a mis beaucoup de bonne volonté à apporter des informations extrêmement utiles, et a permis de lever encore quelques zones d'ombres sur les secrets de l'Administration. Il a également été et il est toujours l'un des principaux interlocuteurs de la communauté pour les échanges qui se sont avérés inévitables avec les chercheurs et scientifiques les plus radicaux. Sans lui et quelques-uns de ses collègues appartenant à d'autres administrations jumelles, le dialogue et un certain accord de principe n'auraient pas été possibles. A présent ils peuvent envisager de travailler tous en concertation pour rétablir un certain équilibre.

Un voile a été levé sur l'origine de l'épidémie qu'ont subie les ancêtres. Si chercheurs et scientifiques ont tant fait pour mettre au point des solutions radicales, qui leurs paraissaient les plus adaptées, c'est parce que l'épidémie a été causée par leur négligence. Ils avaient cru pouvoir maîtriser une série d'expériences menées secrètement sur des animaux auxquels ils avaient d'abord inoculé un virus très dangereux, croyant avoir réussi à trouver l'antidote. Finalement, ils ont sous-évalué la durée d'observation post-traitement et ont relâché trop tôt les animaux dans la nature, prenant un risque inconsidéré en espérant se servir de cette expérience pour prouver au monde l'efficacité de leur trouvaille.

Lorsqu'ils ont compris que les animaux relâchés n'étaient pas complètement guéris, ils ont tout d'abord voulu réparer, mais se sont progressivement trouvés pris par le temps et l'étendue des difficultés. En effet peu à peu, des cas se sont déclarés chez des humains, et le virus s'est propagé d'une façon incontrôlable. L'affolement et la pression des dirigeants les ont conduits à adopter les solutions extrêmes que l'on connaît, l'occasion étant trop belle de mettre en action des recherches théoriques des plus valorisantes. Puis, grisés par leurs avancées techniques, ils ont été pris dans un tourbillon de puissance et de pouvoir, que les autorités, dépassées par l'épidémie, les ont laissé exercer, leur abandonnant l'autorité.

Les animaux quant à eux ont été décimés par milliers, causant de grands déséquilibres dans les cycles naturels de la faune et de la flore. Il a été très difficile à ce moment-là de cacher l'étendue du problème à l'ensemble de la population. C'est la mise en place de la Norme qui a servi de cadre et permis de construire un ordre qui puisse remplacer l'organisation telle qu'elle était auparavant. La Norme avec ses avantages et ses défaillances.

Les Anciens n'étaient donc pas isolés parce qu'ils étaient atteints du virus, mais bien parce que la puce n'avait pas de prise sur eux. Bon nombre d'entre eux se doutaient de quelque chose, mais comment s'y prendre sans certitude ni preuve ? Comment prendre le risque de mettre en péril toute une organisation sociale sans savoir où vont nous mener nos actes ? Georgia quant à elle, après plusieurs années, n'a plus supporté le système imposé et a décidé alors de saisir l'occasion d'une visite autorisée pour faire passer le message à sa descendante. Elle pensait que tout valait mieux que de vivre dans le mensonge et la tromperie.

Plusieurs responsables des Administrations pouvaient aussi être au courant de certaines choses, et le mari de Samale était un de ceux-là puisqu'il connaissait l'existence de photographies et documents tenus secrets. Cependant lui non plus ne voulait pas risquer de commettre un acte irréparable en révélant des secrets dont il ne connaissait peut-être qu'une part négligeable : les conséquences de prétendues révélations n'en seraient-elles pas plus graves encore ?

Une grande bibliothèque a été constituée dans un ancien bâtiment d'usine désaffectée, en ville. On y a rassemblé tous les documents que l'on a pu trouver, pour la plupart maintenus pendant les années de la Norme dans des locaux des administrations. Photographies, dessins, peintures, collages et toutes autres techniques graphiques de l'époque d'avant la Norme ont été précieusement répertoriés et classés pour mémoire, et le lieu est librement ouvert aux visiteurs qui veulent y trouver des réponses à leurs interrogations ou à leurs doutes. C'est Loïs qui a dirigé cette opération monumentale avec l'aide de tous les volontaires désireux d'apporter leur contribution à un nouvel ordre naturel des choses. Certains y ont retrouvé des images qui les concernaient : leur maison, leurs proches ou des connaissances, ou bien eux-mêmes représentés à différents âges et dans différents endroits. Des souvenirs oubliés, volés, qu'ils ont décidé pour la plupart de laisser dans ce lieu de mémoire commune. On connaît à présent le secret de la photographie de l'ongle de Georgia : celle-ci a bien été prise par son mari juste après qu'elle fut « mutée » comme tous les autres. En tant qu'artiste peintre, il avait conservé en secret un vieil appareil photographique qu'il utilisait depuis longtemps pour fixer des images rencontrées par hasard. Il se servait ensuite souvent de ces images pour s'inspirer dans ses créations picturales. Il avait réussi juste à temps à immortaliser ainsi l'image de sa femme, qu'il avait ensuite réduite à son maximum par des procédés alors communs, et réussi à cacher avant qu'on ne lui enlève l'appareil. C'est cette image minuscule que Georgia avait alors conservée précieusement sur elle pendant de longues années, cachée sous un faux ongle. Une si petite chose pour un si grand bouleversement.

Dans notre nouvelle communauté, dont tous les membres ont fait désactiver leur puce, les groupes et familles sont installés en villages ici et là aux alentours, en fonction de la physionomie des lieux, de la qualité des terres, des sources... Toutes les activités sont organisées autour de la Nature telle qu'elle se présente, et du respect des règles naturelles des êtres vivants. Artistes, pêcheurs, soigneurs, spécialistes de la culture des légumes ou des fleurs, de la fabrication des maisons, chacun s'épanouit dans ce qui le touche le plus, comme pour combler l'immense vide qui leur a été imposé dans les premières années de leur vie. Mes mathématiques, je les exploite en calculs de statistiques de graines, d'estimations de surfaces ou de quantités de bois de construction... dont j'ai le plaisir de voir les résultats concrets directement utilisés. Notre père, comme tous ceux qui étaient auparavant responsables d'une activité de fabrication artisanale, a déplacé son atelier sur place, et la plupart des personnes qui y travaillaient ont voulu le suivre. Il continue à fabriquer des vêtements tissés, même si les couleurs sont maintenant des couleurs naturelles et non plus modifiées par les images de la puce. Notre mère a apporté à ma sœur sa robe de mariée, qu'elle voit à présent comme une simple tunique mais qu'elle tient à conserver parmi quelques souvenirs de sa vie passée. Samale se plaît à inventer pour la communauté des tenues originales, créatives, personnalisées selon l'activité et les préférences de chaque personne qui lui en fait la demande.

D'autres pans de la population ont choisi de conserver leur puce en activité, en tout cas pour l'instant. Ils vivent toujours dans les villes, se sentant trop fragiles pour lâcher la sécurité apportée par la Norme. Un accord collégial a permis de décider qu'il fallait laisser chacun libre de son choix.

Les enfants de Samale, tout comme ma fille, s'épanouissent ensemble dans des conditions que nous n'aurions jamais pu imaginer il y a quelques années : pour eux, vivre dans la végétation et parmi les animaux, sans contrainte, est naturel. Tout leur paraît varié, coloré. Chaque découverte est une fête ; un oisillon dans son nid, une colonie de chenilles qui se déplacent à la queue-leu-leu, une nouvelle variété d'oursin, une fleur rare… Leurs références sont là. Toutefois, ils sont curieux aussi de la vie passée de leurs parents, car nous leur avons tout raconté. Ils aimeraient connaître la ville, voir les endroits où ils vivaient avant, où ils travaillaient, où ils ont été conçus… Beaucoup d'enfants sont nés ici loin de la ville depuis leur installation. Comme Samale la première, bien d'autres femmes ont connu l'expérience de la grossesse, et celle de l'accouchement. Elle a tenu à être présente pour les premières dizaines de mères qui ont donné naissance à leur enfant chez elles comme elle l'avait fait elle-même. Elle se souvient de chaque sensation ressentie à chaque seconde de sa délivrance, lorsqu'elle a su que c'était le moment, lorsqu'elle a senti qu'elle s'ouvrait, lorsque le bébé est entré dans le monde. Plus rien n'existait d'autre qu'eux deux et la nature environnante à ce moment-là. Un moment d'intensité physique et de communion unique avec le monde. Samale se souvient qu'elle caressait des herbes en même temps qu'elle donnait la vie : elle avait l'impression de vivre ce moment en intimité avec nature qui l'entourait et la protégeait comme un cocon.

Tout avait été prévu pour que les naissances à suivre se passent dans les meilleures conditions possibles, vu les circonstances. Nous avons décidé enfin de définir un lieu commun pour les accouchements, avec du matériel rapporté de la ville et des personnes volontaires et formées pour assister.

Ma femme et moi envisageons d'avoir un deuxième enfant.

Parfois, quelques connaissances de la ville viennent nous rendre visite : chacun parle de sa vie, de ce qu'il connaît, et certains d'entre eux ne cachent pas qu'ils envient notre vie et envisagent leur « conversion » dans un avenir proche.

Samale a gardé dans un coin de sa tête plein de souvenirs de décors merveilleux tels qu'elle les voyait avant ; portée par l'élan de création unanime, elle transforme ces souvenirs en poésie ou en peintures. Non pas par nostalgie mais parce que c'est une partie d'elle, c'est elle à un moment passé de sa vie qu'elle ne veut pas oublier. C'est l'histoire de son évolution intérieure, c'est ce qui fait d'elle ce qu'elle est dans sa nouvelle vie.

Elle a pris conscience comme nous tous que ce qui compte, ce n'est pas uniquement la réalité mais aussi ce à quoi on croit, et parfois ce que notre inconscient nous permet de voir différemment de ce qui existe réellement… Notre histoire, nos émotions, notre sensibilité nous donnent une vision du monde qui n'est pas la même qu'une autre personne qui aura vécu d'autres expériences.

Tous les Anciens ont quitté les Centres, et sont revenus vivre avec leurs familles. Georgia comme tant d'autres pouvait enfin retrouver les siens : descendants de tous âges jusqu'aux plus jeunes comme Samale et moi ainsi que nos enfants. Visages « entiers » et visages « amputés » se côtoient maintenant sans plus de cas, toutes couleurs et races confondues, comme la Nature les a créés. Ces retrouvailles ont été source d'émotions et de bonheurs uniques. Elles ont donné lieu à des fêtes incroyables qui n'ont cessé d'égayer le quotidien de la communauté. Retrouver les Anciens, c'était comme retrouver un passé volé, des racines, les preuves précieuses que l'on vient de quelque part. Ils sont choyés et un groupe scientifique travaille pour mettre au point le meilleur traitement naturel qui pourrait leur permettre de retrouver un moyen de s'exprimer à nouveau de façon audible et d'entendre, puisqu'ils avaient partiellement été privés de communication orale. On a bon espoir car les progrès sont déjà perceptibles.

Aujourd'hui est un jour de réunion entre les Hors-Norme, comme nous nous sommes baptisés nous-mêmes et comme les habitants des villes nous appellent, et une partie des scientifiques qui peu à peu ont accepté de nous apporter leur aide. Les Hors-Norme se relaient pour participer à ces réunions, car nous voulons pouvoir être tous concernés par le choix des décisions à prendre quant à notre avenir et celui de nos enfants. Nous organisons pour cela des tours de rôle qui permettent à chacun de suivre de façon égale les avancées et progrès qui doivent être partagés par tous.

C'est le tour de Samale, Loïs, Chris et moi, avec l'ex-mari de Samale, ainsi qu'une trentaine d'autres. Chris est arrivé de la ville, où il était allé rencontrer de la famille, le matin même, pour cette réunion qui doit se tenir dès le début de l'après-midi. Plus d'une vingtaine de scientifiques sont attendus, qui doivent arriver sans tarder. A la descente du train, alors qu'il a fait le voyage avec certains d'entre eux, il a une mine grave et préoccupée. Chris est une des personnalités qui ont le plus œuvré pour le rapprochement des groupes de population entre elles, persuadé depuis le début que chacun a besoin des autres pour avancer. Il s'est largement investi et a acquis le respect de tous par ses qualités de ténacité et de discernement.

Son air grave ne laisse rien présager de bon, lui qui est si optimiste de nature, d'humeur joviale, même dans les moments difficiles.

Lorsqu'il vient nous saluer, Samale, Loïs et moi remarquons immédiatement cette gravité dans le sourire de notre ami, et devinons que quelque chose est arrivé. Nous interrompons aussitôt nos activités avec les enfants pour lui demander des explications.

— Chris, commence Loïs, que se passe-t-il ? Tu as eu des ennuis avec les scientifiques ?
— Pas exactement, non. Disons que nous tous risquons d'avoir des ennuis.
— Explique-nous, Chris, s'il te plaît, le prie Samale. Tu nous fais peur.
— Voilà. Nos amis scientifiques, ceux que je rencontre régulièrement comme vous le savez, ont eu récemment à traiter des cas inattendus de personnes Hors-Norme, qui rencontraient des difficultés de concentration, de mémoire, de confusion générale, ainsi que des maux de tête assez violents. Pour certains, cela pourrait aller jusqu'à une difficulté à s'exprimer, voire des phases de démence suivies de prostration. Cela ne ressemblait en rien du tout à ce qu'ils avaient pu connaître, et ils ont décidé de lancer en urgence un plan de recherche médicale avancée. Une équipe des plus éminentes a été formée pour déterminer la nature de ces troubles, car les cas semblaient se multiplier chaque jour.
— Une nouvelle épidémie ? demande Samale. Ce serait catastrophique.

— Les experts de ce groupe de travail ont rendu leurs conclusions hier. Non, il ne s'agit pas d'une nouvelle épidémie. Les scientifiques qui m'accompagnaient dans le train ont voulu m'informer immédiatement. Le problème vient de la puce.

— La puce ? La puce de la Norme ? nous exclamons-nous ensemble.

— C'est cela, la puce de que nous avons tous dans notre cerveau, et qui n'est plus qu'un bout de métal mort puisque pour la plupart d'entre nous, nous l'avons fait désactiver. Il semble que cette puce, si elle n'est pas sollicitée par l'ordinateur central pendant une durée trop longue, finit par déclencher les troubles que je vous ai décrits. Cette puce est tellement performante que notre cerveau l'a intégrée comme un élément quasi indispensable à son fonctionnement. N'étant plus commandée à distance, il la sollicite directement et la puce répond à ces commandes électromagnétiques en entraînant des réactions désordonnées car elle n'a plus de cadre fonctionnel.

— Mais Chris, tu es le premier à avoir fait désactiver ta puce. Tu aurais dû ressentir ces troubles toi aussi, remarque Loïs.

— Il a été observé que le délai de déclenchement des dysfonctionnements est aléatoire et qu'aucune corrélation avec la date de désactivation de la puce ne peut être faite. En revanche, il est presque certain que les mêmes troubles apparaîtront chez tous les sujets concernés un jour ou l'autre.

— Est-ce que ces troubles peuvent mener à la mort ? interroge Samale avec inquiétude.

— A priori non, mais peut-être à la folie, ou au contraire à une forme d'apathie totale, c'est inéluctable. Les recherches se poursuivent sur les cas repérés.

— A-t-on un remède, un traitement contre ces symptômes ? demande Loïs

— Le seul remède qui fonctionne, c'est de retirer la puce.

— Alors ne prenons pas de risque, commençons immédiatement et faisons tous retirer notre puce, s'exclame Samale.

— Nous sommes plusieurs milliards de personnes à avoir été équipés tout au long des deux derniers siècles, et à présent plusieurs dizaines de millions à avoir été désactivés. Retirer la puce implique au minimum une anesthésie locale, une intervention chirurgicale de un quart d'heure à une demi-heure, puis un suivi de sécurité de plusieurs jours.

— Mais ce doit être possible, nous avons tant d'hôpitaux et de personnel médical. Ce doit être possible, insiste Samale.

— Le calcul est facile à faire. Même en monopolisant tous les médecins sur cette question et en faisant des aménagements et investissements supplémentaires en matériel, ce qui est impossible, il faudrait plusieurs dizaines d'années ! Nous n'avons pas tant de temps devant nous.

— Mais alors, que va-t-on faire, dis-je ? Quelle autre solution avons-nous ? Chris, il faut trouver une solution.

— L'autre solution, c'est de réactiver la puce en attendant de pouvoir la faire retirer. La réactivation ne prend que quelques secondes et ne nécessite pas de compétences médicales ou techniques.

Cette dernière proposition de Chris nous laisse bouche bée. Il est impossible pour nous d'imaginer revenir en arrière, même provisoirement.

— Voyons Chris, tu plaisantes, bien sûr, lui répond Loïs gravement. C'est évidemment hors de question. Personne n'acceptera de revenir sous la Norme après tant d'efforts et de difficultés. Nous voulons tous nous reconstruire dans notre environnement naturel à présent, et nous voulons que nos enfants soient libres dans cet environnement.

Chris n'a pas d'arguments pour entamer une telle discussion. Il est parfaitement d'accord avec nous mais les faits sont là et pour l'instant, il ne connaît pas d'issue.

— La réactivation de la puce est une solution technique efficace et rapide à un problème technique. Je n'ai pas dit que c'était facile à accepter.

Le sujet est sensible, l'annonce est violente et difficile à supporter. Chacun voudrait pouvoir rassurer l'autre, mais nous ne parvenons pas à trouver les mots.

Lors de la réunion avec les scientifiques sous le chapiteau, différents points sont abordés. Mais pour ne pas créer d'affolement général avant les conclusions définitives des analyses, le problème de la puce n'est pas évoqué.

Chris, Loïs et Samale, ainsi que son ex-mari, ont convenu de se retrouver après la réunion avec quelques spécialistes particulièrement compétents sur la question. Ils me demandent de les rejoindre. D'après eux, mon esprit carré de mathématicien et la capacité de recul dont j'ai souvent fait preuve seront une aide précieuse.

Entre temps, Samale a retrouvé ses enfants. Elle les regarde jouer ensemble, et rien ne semble les différencier si ce n'est l'aspect physique puisque l'un a été « muté » alors que le dernier, né hors la Norme, a gardé toute son intégrité physique. Cependant, il y a à présent une autre menace sur le plus grand, car il porte une puce tout comme Samale...

Son regard se déplace ensuite vers d'autres membres de la famille ; son père et sa mère qui vivent à nouveau avec elle, ses aïeux, dont Georgia qui vit dans une maison de bois à quelques pas de celle de Samale, et qu'elle peut observer dans son jardin ou sur la petite terrasse, en train de s'occuper de ses plantations.

Tous semblent si sereins, si heureux d'être tout simplement libres de vivre comme bon leur semble, et surtout de se voir et de se toucher quand ils en ont envie.

Depuis que les Anciens ont quitté les Centres, bien des secrets ont été levés sur leur prétendue maladie. Certains ont d'abord cru impossible de les laisser se mêler aux Hors-Norme, par crainte de réelle possibilité de propager le fameux virus. Mais après de nombreux tests et travaux de médecins, scientifiques et accompagnants, il était évident que ce n'était pas la maladie qui les avait conduits à l'isolement. Ils en savaient trop sur la Norme, sur la puce, et sur les erreurs et motivations des scientifiques et des dirigeants. Qui plus est, la puce ne fonctionnait pas sur leur mémoire ancrée trop profondément par une vie déjà longue et remplie. Elle n'avait donc finalement pas été activée sur cette population qui y avait pourtant été préparée et que l'on avait déjà modifiée physiquement. Les Anciens par leur résistance au traitement représentaient donc une menace pour les projets des scientifiques.

Une fois libérés, ils ont retrouvé les leurs et ont pu prendre le temps de laisser remonter tous leurs souvenirs à la surface. Georgia, bien sûr, a passé des soirées entières avec nous, ses proches, décrivant la vie avant l'épidémie, les maisons de la ville avec les vrais jardins et parcs, les jeux ensemble, les sports, la vie dans la société avant la Norme et toutes les contraintes qui ont suivi, limitant la consommation mais surtout les contacts physiques, l'amour, le couple, les enfants…

Sa mémoire, donc la nôtre, est intacte.

Dans sa nouvelle maison, Georgia a accroché sur un mur dans un coin discret le tableau peint à l'époque par son mari, et qui la représente dans toute sa beauté naturelle, avant la mutation. Elle en parle sans haine, mais avec le regret de n'avoir pas pu alerter plus tôt sur ce qu'elle a toujours considéré comme une violation du droit humain. Ce n'est que plusieurs dizaines d'années après avoir été détenue dans un Centre, avertie de la visite de Samale quelques jours en avance, qu'elle avait pris conscience de la nécessité de passer un message. Entre le risque de bouleverser la vie ainsi que la sérénité des siens, et la douleur de les voir vivre dans le mensonge, elle avait fini par choisir.

A présent, et alors que les descendants de Georgia, dont je suis, croyaient être libérés de tout cela, un nouveau problème de taille se présente à nous. Cette puce, ce minuscule grain de métal, peut nous rendre fous. Seuls les Anciens et les plus jeunes, nés Hors-Norme, sont hors de danger car soit ils ne portent pas la puce, soit celle-ci n'a jamais été activée.

Commence dès lors pour Samale et nous tous une longue, très longue période de doute et d'inquiétude. Les questionnements de toute sorte, les discussions, fatalistes ou combatives selon les humeurs du moment, ne permettent pas de rassurer quiconque sur l'avenir qui nous attend.

On répertorie entre temps une bonne centaine de nouveaux cas de dysfonctionnements dus à la puce, et les cas se multiplient selon les retours que Chris reçoit de la part de ses amis scientifiques. Ceux-ci ne peuvent que confirmer ce qu'ils ont observé, sans avoir d'autre solution à proposer. Les avis de chacun divergent, selon la vision résultant de l'expérience vécue pendant la période qui a mis fin à la Norme. Le fatalisme et le désespoir envahissent les esprits peu à peu, avec la fatigue. Samale, son ex-mari, Loïs et Chris, ainsi que quelques autres dont moi-même, ne voulons en aucun cas revenir sous l'emprise de l'ordinateur central. Georgia et les Anciens, dont la puce n'a jamais été activée, sont d'accord avec nous car ils ont fait tout ce qu'ils pouvaient pour nous « libérer » et ils ne veulent plus de cette distance entre nous tous.

Sans qu'elle en ait totalement conscience, Samale se retrouve plongée dans des sensations physiques qu'elle ressentait lorsque sa puce était encore active mais que son cerveau ne suivait plus. Elle a l'impression que son corps ressort par chaque pore de sa peau les sensations et des douleurs physiques et morales qu'il avait gardées en souvenir contre son gré. Le simple fait de savoir qu'il sera peut-être nécessaire de revenir sous le contrôle de l'ordinateur central par la puce plonge son corps et son cerveau dans un état de souffrance retenue trop longtemps dans chaque parcelle d'elle-même. Tout cela, elle n'avait certainement pas pu l'exprimer suffisamment jusqu'à présent, elle l'avait trop tôt contenu en elle.

Plusieurs jours passent ainsi sans que notre petit groupe d'amis parvienne à trouver d'autres pistes de solutions. Il faut pourtant faire vite car nous pouvons tous être touchés à tout moment.

Samale quant à elle ne peut plus cacher son mal-être. Elle décide de m'en parler.

— Je ne me sens pas bien, Visam. Depuis l'annonce de Chris, j'ai des douleurs, des difficultés indescriptibles à supporter mon corps. Je pense que j'ai besoin de soins.
— Tu es sensible, Samale, ces nouvelles t'ont perturbée après tout ce que nous avons vécu. Elles nous ramènent en arrière au moment de notre détachement de la Norme et c'est douloureux. Tu as raison, nous allons nous rendre en ville pour demander conseil, et nous en profiterons

pour rencontrer les amis scientifiques de Chris et leur demander plus d'explications sur la puce.

Les enfants ont été confiés à la famille, et nous nous retrouvons Samale, Loïs, Chris et moi dans le train qui doit nous conduire en ville. Ainsi accompagnée de ses proches, Samale se sent en sécurité et peut plus aisément se recentrer sur le problème à résoudre.

Grâce à Chris et à son réseau de connaissances, nous parvenons rapidement à organiser une rencontre avec les plus éminents spécialistes de la puce, qui sont déjà en réflexion sur le sujet sans toutefois avoir encore établi de plan d'action précis.

Certains scientifiques essaient d'élaborer ensemble des théories plus ou moins claires pour les autres participants, à partir de l'idée que les dysfonctionnements constatés chez les cas connus à ce jour pourraient être partiellement pris en charge et traités. D'autres vont jusqu'à envisager de sacrifier ces quelques générations de porteurs qui ont été désactivés, proposant d'utiliser les centres des Anciens pour les y rassembler à l'écart des non concernés, c'est-à-dire les Anciens eux-mêmes et les enfants en bas-âge, et qu'ils y finissent leurs jours naturellement des suites de leurs dérèglements.

D'autres enfin considèrent qu'il serait préférable de réactiver la puce pour tous les porteurs, et de se lancer éventuellement dans une reprogrammation de l'ordinateur central, même si cela peut prendre plusieurs dizaines d'années et mobiliser la plupart des ressources scientifiques sur ce seul sujet.

Cette dernière hypothèse, même si elle est incertaine, semble la plus accessible à nos yeux. Elle implique cependant de confier à nouveau l'avenir de tous aux seules compétences des scientifiques, ce qui ne nous réjouit pas.

Après plus de douze heures de réunion et d'échanges, n'ayant pas encore défini les actions précises à proposer au reste des populations, nous décidons tous de faire une pause de quelques heures, puis nous reprendrons nos discussions.

Après s'être restaurée, Samale ne parvient pas à se détendre ni à se reposer. Elle ne peut admettre de revenir ne serait-ce que quelques années sous la Norme, chose pourtant incontournable si on choisit de reprogrammer l'ordinateur central. Lorsqu'elle ferme les yeux, des images lui reviennent de ses cauchemars rêvés il y a quelques années. Elle sent qu'elle pourrait reperdre tout ce qu'elle a eu tant de peine à construire avec sa famille enfin réunie. Loïs s'est endormi à côté d'elle, et elle éprouve le besoin de voir Georgia maintenant, pour échanger, mais aussi simplement pour sa présence, sa force et sa détermination.

On frappe à ce moment-là à la porte de la petite chambre qu'on leur a prêtée pour l'occasion, et Samale, afin de ne pas réveiller Loïs, se lève rapidement et sans bruit pour ouvrir. Quelle surprise à ce moment-là de constater que le visiteur est en fait … Georgia ! Samale en reste bouche bée, elle qui pensait justement à notre aïeule à ce moment précis.

— Eh bien, Samale, lui dit doucement Georgia, tu es surprise de me voir, j'ai l'impression ?

— C'est-à-dire…, c'est incroyable car je pensais justement à toi, quand tu as frappé à la porte ! Je n'en reviens pas, c'est une coïncidence folle !

— Je ne sais pas si c'est une coïncidence, je croyais que tu pensais plutôt assez souvent à moi ! plaisante-t-elle. J'ai décidé de venir vous rejoindre parce que j'ai fait un rêve étrange, qui m'a poussée à venir jusqu'ici. Je ne sais pas ce que c'était, c'était confus ; des organes, des foies, des cerveaux, des intestins, des cœurs, des veines enchevêtrés et reliés entre eux. Au milieu de tout cela, ton visage, celui de tes enfants… C'était terriblement prenant, mais en même temps ça n'était pas effrayant, au contraire, c'était chaud, c'était presque gai, c'était extrêmement réconfortant. J'ai eu envie de partager cela avec toi.

— Etrange en effet, d'autant plus que moi-même, j'avais très envie de te voir. C'est extraordinaire quand même ! Je suis heureuse que tu sois là, Georgia. Viens, nous allons sortir un moment pour ne pas réveiller Loïs.

Elles sortent toutes les deux et s'asseyent sur une marche de l'escalier qui descend dans la pièce principale de l'habitation. Elles n'ont pas besoin de parler, elles sont assises côte à côte et cela suffit à les réconforter. Après quelques minutes de silence, la conversation reprend.

— Chère Georgia, sais-tu pourquoi nous avons dû venir ici ? Nous devons résoudre un nouveau problème dû à la puce. C'est très grave. Nous n'en avons encore parlé à personne car il nous faut trouver une solution avant d'alerter tout le monde.

166

— Ma chérie, je me doutais bien qu'il y avait quelque chose d'important quand j'ai su que vous étiez partis en ville en urgence. Je pense que c'est ce qui a déclenché le cauchemar dont je t'ai parlé, même si je ne vois pas la relation. Je reste avec vous à présent, car de quelque façon que ce soit, je ne serai pas tranquille. Dis-moi ce dont il s'agit.

Samale explique donc à son aïeule le problème des dysfonctionnements relevés chez les porteurs de la puce désactivée, ainsi que les solutions envisagées pour l'instant.

Au fur et à mesure de la discussion, presque imperceptiblement, la jambe de Samale frôle d'abord tout légèrement celle de Georgia assise comme elle à même la marche de l'escalier. Au bout de quelques minutes, les deux femmes sont l'une contre l'autre dans la même position, comme appuyées l'une sur l'autre par besoin de soutien mutuel. Depuis plusieurs années, elles ont pris l'habitude, tout comme les autres membres de la communauté des Hors-Norme, de se rapprocher l'une de l'autre physiquement. Auparavant, la Norme les en empêchait, et elles trouvent à présent un plaisir immense à se sentir exister aussi dans ce contact filial. Ce sont toujours des moments improvisés et presque inconscients au départ, et qui ensuite prennent une dimension d'une grande pureté et d'une complicité unique.

Loïs s'est éveillé. Il cherche Samale du regard dans la chambre, et ne la trouvant pas, apparaît à présent sur le pas de la porte.

— Georgia ! Mais que faites-vous ici ?

— Je suis venue vous rejoindre tous, Loïs. Je souhaite vous aider, dans la mesure du possible.

— Bienvenue, dans ce cas. Nous devons reprendre la réunion et ne serons que plus efficaces avec vous.

Ensemble ils se dirigent vers la salle de la réunion, renforcés par la présence imprévue de Georgia. Celle-ci écoute les avis et échanges des divers intervenants, qui reprennent la synthèse de leurs réflexions. Puis, un grand silence s'installe, qui semble ne pas trouver de passage pour se faufiler.

Après de très longues et dramatiques secondes, c'est finalement Samale qui, toujours assise au plus près de Georgia et silencieuse jusque-là, prend à présent la parole.

— Je ne suis pas convaincue par toutes les hypothèses et solutions à moyen et long terme qui ont été évoquées ici. J'ai l'impression que nous pourrions essayer autre chose.

Loïs lui-même est surpris par le ton à la fois ferme et inhabituel de sa femme, comme si ce n'était pas vraiment elle qui parlait, comme s'il ne la reconnaissait pas. Elle semble presque absente en disant cela, et en même temps elle a l'air extrêmement déterminée. Mais porté par son dévouement, il veut lui montrer immédiatement son soutien devant l'assemblée.

— Que veux-tu dire, Samale ? Nous t'écoutons.

— Voilà. En vous écoutant tous, je m'efforçais de me replonger dans mes souvenirs de la période qui a précédé mes premiers symptômes de détachement de la Norme. J'y réfléchis depuis le tout début de notre arrivée ici. Je pense que nous devons tenter une réactivation sous contrôle médical, pour stopper immédiatement le risque de développement des signes de dysfonctionnement tout en faisant un travail de contrôle individuel sur la puce. Je suis volontaire pour cette expérience.

L'un des scientifiques présent intervient immédiatement.

— Samale, il n'y a pas de solution intermédiaire. Soit la puce est activée et nous sommes sous le contrôle de l'ordinateur central, soit elle est désactivée et c'est notre cerveau seul qui contrôle. Il faut choisir l'un ou l'autre, et la reprogrammation de l'ordinateur peut prendre plusieurs dizaines d'années comme nous l'avons dit.
— Je suis certaine que non, insiste Samale. Je l'ai vécu moi-même alors que le choc causé par la vision de la photographie transmise par Georgia avait déclenché chez moi des troubles qui étaient annonciateurs d'un rejet de la puce. Ensuite, je n'ai pas été suivie par le corps médical car j'ai échappé volontairement aux soins, et les troubles sont devenus de plus en plus forts alors que la puce n'avait pas encore été désactivée ! Le principe qui a été mis en évidence était clair : nous cherchons naturellement la facilité et ce qui nous est agréable. Si l'effort doit nous amener à un environnement plus dur dans lequel nous ne voyons pas notre intérêt, nous n'y allons pas et nous

laissons mener. Mais à ce moment-là, je sentais que lâcher la norme me mènerait à la vérité et la liberté. Cela signifie que nos convictions profondes peuvent devenir une force capable de vaincre l'ordinateur central. Laissez-moi une semaine pour faire l'expérience, et je vous montrerai que j'ai raison.

Aussitôt, Loïs, Georgia et moi-même exprimons notre accord, entièrement confiants dans la proposition de Samale et malgré les difficultés que nous pressentons pour elle dans cette nouvelle épreuve.

Entraînés par la fermeté et l'assurance de notre petit groupe, les autres participants, dont aucun n'a pu affirmer de stratégie précise de façon aussi ferme, se rallient à nous l'un après l'autre. Tous semblent presque soulagés de n'avoir pas à décider immédiatement de mesures dont ils ne seraient pas persuadés de connaître les conséquences. Ils accordent à Samale une semaine et tout leur soutien pendant ce temps pour faire l'expérience. Passée cette limite, si on n'obtient pas de résultat, toutes les puces seront réactivées et un plan de reprogrammation de l'ordinateur central sera lancé sur une durée minimum de dix ans.

Commence alors un travail de mise en condition, et de définition des étapes pour la réalisation du projet.

Samale tient à la présence de tous ses proches : moi son frère, Loïs, son précieux ami Chris et bien sûr Georgia qui, c'est ainsi qu'elle le ressent en tous cas, compte pour beaucoup dans sa démarche intuitive.

— Georgia, j'ai absolument besoin de ta présence pour cette épreuve. Veux-tu m'accompagner ?

— Bien sûr, je reste près de toi.

Le protocole des tests a été établi en commun accord avec tous les participants. Le fondement de l'expérience s'appuyant en grande partie sur Samale, elle est entièrement impliquée dans l'élaboration du programme. A chaque étape et chaque point charnière, son accord et son avis sont demandés. Elle-même se rapproche alors de Georgia en aparté pour prendre sa décision, puis vient rendre au groupe les conclusions de leurs échanges. Durant toute cette période de préparation, qui dure plus de quarante heures entrecoupées de courtes pauses, la proximité entre les deux femmes ne fait que s'accroître. A chaque nouveau questionnement, Georgia et Samale se retrouvent quasiment l'une contre l'autre, chacune voulant ressentir physiquement le point précis étudié. Samale a absolument besoin de cette proximité, car elle ne pourrait pas supporter seule cette épreuve, autant physiquement que moralement. Ainsi liée à Georgia au plus profond de l'expérience, elle peut mieux assumer les exigences de toute cette mise en place car elle est accompagnée comme par un double bienveillant. Pour rien au monde elle n'aurait voulu revenir sous l'emprise de l'ordinateur central, et si elle a proposé cette expérience, c'est uniquement parce que, comme elle l'a dit, elle est persuadée de parvenir à contourner l'emprise de la machine. Même si cela doit lui coûter beaucoup ; la séparation pour plusieurs jours d'avec ses enfants, la difficulté de replonger dans le passé, les risques de revenir difficilement à son état normal, elle n'a pas hésité une seconde. Scientifiques et chercheurs sont évidemment une

171

aide primordiale dans cette nouvelle difficulté, mais elle a son expérience à apporter, et il faut combiner toutes les forces, elle est convaincue de cela. Je suis très fier de ma sœur. Si elle ne s'était pas mise en avant à ce moment-là de notre aventure, tout aurait été différent pour nous tous.

Tous les soirs, après une journée de tests, elle se retrouve avec Loïs dans sa chambre pour quelques courtes minutes d'intimité avant qu'il ne regagne sa propre chambre. Ensemble, ils ne parlent presque pas car ils n'en ont pas besoin, mais ils maintiennent leurs échanges par le regard, et Samale voit dans les yeux de Loïs qu'il l'approuve et la soutiendra toujours.

L'expérience suit son cours au fil des jours. Au début de la période, la puce de Samale a été réactivée, et elle a ressenti rapidement l'influence de l'ordinateur central. Les images suggérées par celui-ci sont réapparues ; visages embellis, bouquets et fleurs qui lui paraissent maintenant irréels, paysages mirifiques… Il serait tentant de revenir dans cet univers rassurant qui allie beauté et douceur, et Samale commence à ressentir la fatigue de ces derniers jours. Se laisser aller, accepter ce qui après tout n'est qu'une amélioration du quotidien, une géniale invention…

Mais elle sait que tout cela ne peut que l'amener au vide, à l'absence de vie. Elle peut tout y perdre : les sensations réelles que son corps lui permet de vivre, et surtout, les échanges entre les humains, avec la nature, avec la faune. Son cerveau lutte contre l'ordinateur. Pendant plusieurs heures, elle est allongée, les yeux grands ouverts, refusant de se laisser emporter par les images qui arrivent sans cesse et qui veulent la charmer, l'emmener sur des chemins si confortables, si faciles à suivre. Elle est fatiguée, mais elle ne doit pas céder, elle doit montrer que c'est possible, que l'esprit est plus fort, que la volonté peut vaincre la machine. Elle connaît les deux côtés, les deux mondes, et elle sait ce qu'elle a à perdre si elle cède. Il faut tenir, jusqu'à ce que l'esprit ait complètement pris le dessus et que l'ordinateur ne soit plus assez puissant pour imposer son programme.

Quelques heures s'écoulent encore, et Samale ferme parfois les yeux car le sommeil l'envahit. Elle craint cependant, si elle s'endort, de ne plus parvenir à faire face à son réveil. Des images étranges l'assaillent à présent ; des fleurs magnifiques, qui lorsqu'on les regarde de plus près, sont des visages humains, des arbres qui eux aussi sont des personnes avec leurs deux jambes serrées l'une contre l'autre, des poissons qui sont des bébés nageant dans une rivière… Elle essaie d'exprimer ces images mais ses paroles sont incompréhensibles pour les scientifiques qui l'entourent. Loïs, qui a tenu à être présent près d'elle pendant toute la durée des tests, peine lui aussi à la comprendre.

— Est-ce qu'elle délire ? demande-t-il aux médecins.
— Non, elle est certainement en train de refouler certaines images et d'en appeler d'autres, ce qui crée un mélange flou pour l'instant. Elle doit tenir bon. Restons attentifs et au moindre problème, nous l'aiderons.
— L'aider ? mais comment ?
— Eh bien comme nous l'avons prévu et vous l'avons expliqué au début de l'expérience, il y a toujours des solutions chimiques pour permettre d'aider à se calmer

dans un premier temps, puis à reprendre des forces ensuite, sans dormir.

— Il faut réserver ces solutions au tout dernier recours. Samale peut y arriver sans médicaments, j'en suis sûr.

Samale entend qu'on parle autour d'elle. Elle entend Loïs, elle entend les médecins et les scientifiques, mais elle a du mal à se détacher de ses pensées. Elle a des gestes incongrus : elle semble vouloir attraper quelque chose dans l'air, elle s'agrippe parfois aux draps.

— Et si nous faisions venir Georgia? Samale et Georgia sont très proches, cela ne peut que l'aider. Qu'en pensez-vous ?

A ce moment-là, Samale répète le prénom de Georgia.

— Georgia, Georgia. Le tableau !

Loïs se rapproche tout près d'elle.

— Que se passe-t-il Samale ? Tu veux voir Georgia ? De quel tableau parles-tu ?
— Oui, je veux que Georgia vienne avec son tableau. Le tableau peint par son mari, qui la représente avant la mutation, celui qui se trouve chez elle.
— D'accord, Samale, je vais chercher le tableau, et je reviens le plus vite possible. Georgia va venir tout de suite.

174

— Merci.

Loïs part immédiatement, il sera de retour le lendemain matin au mieux car il doit prendre le train pour retourner au village chercher le tableau. Au passage, il passe voir Georgia qui se repose dans sa chambre, lui explique la situation et lui demande de se rendre auprès de Samale.

Lorsque Georgia arrive dans la salle près d'elle, Samale, qui sent son odeur, ouvre immédiatement les yeux. Georgia s'approche alors encore un peu et Samale saisit sa main, qu'elle maintient dans la sienne, comme si c'est ce contact qu'elle attendait. Effectivement, elle se sent tout de suite calmée.

Les médecins, surpris, se regardent et modifient leurs données de suivi.

Samale et Georgia ne parlent pas. Georgia s'est installée à présent dans un fauteuil confortable contre le lit de Samale, et celle-ci serre toujours sa main. L'une et l'autre bougent très peu.

Au bout d'une heure, Samale demande à boire. Georgia a soif elle aussi, mais elle n'osait pas risquer de briser ce moment de calme en demandant quoi que ce soit, et elle attend encore un peu que Samale ait bu. Celle-ci porte le verre à sa bouche de sa main droite, et Georgia, qui a toujours sa main dans la sienne, la regarde avec envie, car la chaleur dans la pièce lui dessèche la bouche et l'attire vers ce liquide clair et frais. Au moment où le verre touche les lèvres de Samale, Georgia a l'impression de ressentir la fraîcheur sur ses propres lèvres. Au moment où le liquide coule dans la bouche de Samale, elle ressent elle aussi l'eau couler dans la sienne, l'obligeant à déglutir pour l'avaler. La surprise lui fait lâcher la main de sa descendante, qui aussitôt lâche le verre. Celui-ci tombe sur le lit et l'eau restante se répand sur le drap, au niveau du haut de la jambe de Samale. Rapidement, elle reprend la main de Georgia qui lui tend à nouveau, comme par réflexe.

Georgia à ce moment-là ressent elle aussi la fraîcheur de l'eau sur sa cuisse, en même temps que Samale. Elle regarde d'abord Samale, sans comprendre. Samale ne sait pas ce qu'elle a ressenti, pourtant elle voit sa gêne à ce moment-là.

— Que se passe-t-il, Georgia, tu fais une drôle de tête, et j'ai une impression bizarre, comme si je ressentais de la peur chez toi…
— Je ne sais pas ce qui se passe, Samale. J'avais soif, tu as bu, j'ai senti la fraîcheur, j'ai senti l'eau couler dans ma gorge et sur ma cuisse… regarde ! Ma robe est mouillée aussi au même endroit que toi !
— Quoi ? Ce n'est pas possible !

Samale constate en effet que ce que dit son aïeule est vrai.

— C'est comme si c'était moi qui avais porté le verre à ma bouche, et que tu aies bu au travers de moi ! Comment est-ce possible ?

Les deux femmes se regardent tout d'abord sans comprendre. Mais Georgia paraît rapidement reprendre ses esprits.

— Nous étions reliées ensemble, physiquement. Ta main était dans la mienne, et nos esprits étaient en osmose. Tu luttes contre la puissance de la puce et tu cherchais un appui, et moi je cherche à te donner toute ma force, à être entièrement avec toi pour partager ta lutte. Nos esprits et nos volontés sont entrés si fortement en relation, comme en communion, que j'ai reçu l'eau que tu buvais comme si c'était moi qui la buvais.

Samale n'en revient, pas, et elle s'appuie de nouveau sur le dossier de son lit pour essayer d'éclaircir ses idées. Déjà plongée dans de fortes perturbations mentales pour faire face aux images qui lui venaient sans contrôle, elle doit maintenant se reprendre pour intégrer cette nouvelle expérience. Elle demande un peu de temps à Georgia. Au fond d'elle-même, elle a l'impression en même temps de très bien comprendre ce que dit son aïeule, car elle a ressenti toutes ces choses elle aussi.

Les deux femmes restent encore quelques longues minutes ainsi, main dans la main. Puis Georgia s'allonge à côté de Samale, et elles s'endorment.

Le lendemain matin, c'est Loïs qui est là à leur réveil. Il a fait l'aller-retour pendant la nuit pour aller chercher chez Georgia au village le tableau demandé par Samale. Il a posé le tableau en évidence sur un meuble bas dans un coin bien éclairé de la pièce, et se tient sur un fauteuil en face du lit, attendant que les deux femmes sortent de leur sommeil. Lorsqu'elles ouvrent les yeux, toutes les deux en même temps, Loïs dépose sur la joue de Georgia et sur la bouche de Samale un baiser. Georgia rougit.

— Bonjour, Loïs, murmure Samale.

Puis pour détourner le sujet car elle comprend la gêne de Georgia ;

— Tu as apporté le tableau ?
— Oui, il est là, sur le meuble. Veux-tu que je le mette plus près ?
— Non, c'est parfait, merci, Loïs. Nous le voyons très bien d'ici.
— Comment vas-tu ? Tu as l'air reposée, tu as bien dormi ?
— Parfaitement bien effectivement. Je n'ai pas fait de cauchemar, pas d'images désagréables. Je me sens bien. J'avais besoin du tableau pour pouvoir concentrer mon attention sur une image qui me tienne à cœur. Pour moi, ce tableau représente tout ce pour quoi il faut maintenir notre nature d'humain : c'est la liberté de Georgia, peinte par amour par son mari lorsqu'elle n'avait pas encore été mutée. C'est la liberté de nous tous. C'est une peinture faite par la main d'un homme, par le temps qu'il a passé à la peaufiner avec toute son adresse manuelle, visuelle, avec sa volonté. C'est la création par l'homme pour l'amour d'une femme. C'est toute la réalité du monde. Je veux pouvoir le regarder et m'y appuyer les moments où je douterai. Merci, Loïs, d'avoir fait aussi vite.

Nous avons également quelque chose à te raconter Georgia et moi. Il faudrait aller chercher Visam et Chris, ils doivent être au courant aussi, s'il te plaît.

Loïs part immédiatement nous chercher, alors que nous sommes occupés à décortiquer avec l'aide des médecins et scientifiques les réactions et résultats sur les derniers relevés de Samale. Nous nous libérons pour suivre Loïs.

—Loïs, dis-je tout en marchant vers les locaux où se trouve Samale, c'est très étonnant ce qui s'est passé ces dernières heures. Samale était au plus mal, elle avait beaucoup de difficultés à faire face aux images de la puce, et tout d'un coup depuis hier soir, elle semble calmée, beaucoup plus sereine. Ses relevés sont très positifs ce matin.

—Cela a certainement un lien avec ce qu'elles ont à nous raconter ce matin, avec Georgia. Je suis heureux de ces nouvelles, nous allons voir ce qui a pu se passer.

—Je voulais te prévenir cependant, Loïs, ajoute Chris, que les médecins restent sur leurs gardes. Une rechute reste tout à fait possible, et Samale peut également garder des séquelles de cette expérience. Tout est lié à la durée de ces tests. Plus ils seront courts, moins elle risque d'en pâtir. Il faut tout faire pour l'aider.

Loïs nous remercie, car notre soutien compte plus que tout pour lui qui ne peut aider Samale qu'en étant présent et attentif. Tout juste a-t-il pris le temps la nuit dernière de demander des nouvelles des enfants auprès de sa famille au village.

— Ils vont très bien, pas d'inquiétude, lui a répondu sa mère, réveillée dans son sommeil. Nous attendons votre retour avec hâte. Soyez prudents.

Lorsque tous trois nous arrivons dans la chambre de Samale, les deux femmes ne sont déjà plus seules. Plusieurs scientifiques, alertés par les résultats des analyses des dernières heures, sont venus voir ce qui se passe. Ils posent des questions à Samale, à Georgia, qui tentent tant bien que mal de les faire patienter. Samale veut d'abord parler à ses proches.

Une fois les scientifiques sortis, nous nous retrouvons enfin entre nous. Georgia est à présent assise sur une chaise auprès d'elle. Elles ont eu le temps d'échanger sur leurs impressions et leurs doutes juste avant l'arrivée des scientifiques, et c'est Georgia qui prend la parole.

— Voilà, nous avons eu hier soir Samale et moi une expérience très surprenante, extraordinaire même. Samale me tenait la main, et elle a voulu boire un verre d'eau car il faisait très chaud. Moi-même j'avais soif. Elle s'est servie sans me lâcher la main. A partir de là, j'ai ressenti exactement tout ce qu'elle a ressenti elle-même ; le verre frais contre mes lèvres, l'eau dans ma bouche, et sur mon corps lorsqu'elle en a laissé tomber sur sa jambe. C'était comme si je buvais aussi, alors que c'était elle qui faisait les gestes.

— Effectivement, dis-je, c'est incroyable. Comment cela serait-il possible ?

— Ce que nous avons ressenti, ajoute Samale, c'est une sorte d'osmose de nos esprits et de nos corps. Comme si nous ne faisions plus qu'un. Cela semblait tenir au fait que nos mains étaient en contact, car lorsque nous nous sommes lâchées, cela s'est arrêté. Je n'ai jamais ressenti cela auparavant. Cela m'a un peu rappelé les impressions que j'avais eues dans les locaux de l'administration, la première fois que j'ai senti sous mes doigts les traits du visage de mon fils, la douceur de sa peau, son odeur… toutes ces sensations qui étaient nouvelles et si intenses dans chaque cellule de mon corps.

— Et comment te sens-tu par rapport à la réactivation de la puce, Samale ? demande Chris. Il semble d'après tes analyses que tu sois beaucoup mieux ce matin.

— En effet, je ne sais pas si cela a un lien avec ce que nous avons vécu Georgia et moi, mais je me sens beaucoup mieux à présent, presque calmée. Ce matin pendant l' « expérience » avec Georgia, j'ai eu un moment un peu mal à la tête, mais c'est passé assez vite et maintenant tout va bien. Je reçois des images lorsque je ne suis pas concentrée, mais je parviens à les éloigner pour les remplacer par des images de la réalité qui m'entoure. C'est en cela que le tableau de Georgia m'aide beaucoup : il représente à lui seul tout ce qui me ramène vers la réalité que j'ai choisie, la réalité de la vie hors-norme.

— Félicitations, Samale, reprends-je, nous savions que tu avais suffisamment de force et de conviction pour réussir.

L'aide de Georgia semble t'avoir permis de gagner du temps.

— A présent, dit Loïs, il faut décider de ce que nous faisons suite à cette dernière expérience étrange. Pensez-vous que nous devions en parler aux scientifiques ? Quelle va être leur réaction ?

— Je connais bien tous ceux qui sont ici, déclare Chris, je pense que nous pouvons leur faire confiance. Si nous ne le faisons pas, nous ne les encourageons pas à nous faire confiance à leur tour. De plus, ils peuvent avoir des réponses, des explications, et nous permettre de comprendre davantage ce mystère et de nous aider à prendre définitivement le contrôle sur la puce. Ce serait inouï !

— Ne nous réjouissons pas trop vite tout de même, m'empressai-je d'ajouter, me rappelant les recommandations de prudence des médecins vis-à-vis de Samale le matin même. Attendons de voir comment se déroule la journée. Je suis d'accord pour en parler aux scientifiques. Ils doivent nous aider à élucider cette question. S'ils ne le font pas, eh bien nous n'avons plus besoin d'eux.

Je suis alors très direct dans mes propos car je n'ai pas beaucoup de compassion pour les scientifiques. Je me souviens que ce sont les mêmes qui voulaient contrôler le monde, et que leur soif de reconnaissance peut leur enlever toute raison.

Samale, Georgia et Loïs demandent quelques minutes de réflexion avant de donner leur avis. Ils passent ces quelques minutes à se restaurer et échanger entre eux sur les avantages et les inconvénients de se dévoiler auprès de leurs partenaires techniques.

Après vingt bonnes minutes, ils se rendent à l'évidence. Même s'ils n'ont pas entièrement confiance, ils ne possèdent pas les compétences nécessaires pour résoudre à eux seuls la question, et il est trop tard pour rechercher d'autres spécialistes. Loïs toutefois propose de faire venir une vieille connaissance, ce chercheur auquel il avait déjà fait appel lorsqu'il essayait d'élucider le mystère de la photographie miniature que Samale lui avait confiée. Cet homme avait été bouleversé car l'histoire avait fait remonter à la surface de nombreux souvenirs de la période avant la Norme, qu'il avait connue puis oubliée. Loïs, pour avoir étudié avec lui de nombreuses fois l'univers et les planètes, avait une totale confiance en lui, et il connaissait ses convictions et sa volonté de sauvegarder la nature originelle de l'homme. C'était lui qui l'avait emmené la première fois observer le ciel dans la maison du bord de la mer, où ils vivaient tous à présent. Le chercheur avait décidé pour sa part de rester en ville après la chute de la Norme, car il voulait pouvoir poursuivre ses recherches et pour cela il devait disposer de matériels variés et performants.

Loïs sait où trouver son ami, et rapidement le vieil homme les rejoint, heureux de revoir son compagnon et de pouvoir lui apporter son aide.

Ils appellent donc les médecins et scientifiques de l'expérience, qui patientent dans les locaux tout en continuant d'élaborer de multiples hypothèses sur l'amélioration de l'état de Samale.

Le récit détaillé, fait par Georgia et Samale, de tout ce qui s'est passé ces dernières heures, laisse toute l'équipe technique on ne peut plus perplexe. Toutes leurs théories élaborées alors qu'ils ignoraient encore ces détails s'écroulent et se retrouvent réduites à néant. Ils se concertent et proposent à Samale et ses proches de se mettre immédiatement au travail tous ensemble, car certains ont déjà eu l'occasion récemment d'étudier des sujets approchants dans ce type de domaine, et il faut rapidement définir les nouvelles pistes de recherche à poursuivre. Chris, Loïs, Samale, Georgia et moi-même sommes d'accord pour que tout se passe en totale transparence entre nous, et que chacun soit intégré dans le programme d'actions qui sera décidé d'un commun accord. Ainsi, il n'y aura pas de malentendu et chacun pourra faire valoir à tout moment sa légitimité à réorienter les recherches en fonction de ses convictions.

Les heures passent, les échanges sont soutenus et dès les premières minutes, chacun a pris conscience de ce qui se jouait là, de l'importance des résultats de cette dernière action. Si Samale peut vaincre la puissance de la puce de quelque façon que ce soit, c'est toute l'humanité qui sera sauvée. La concentration est extrême, et la règle du respect du point de vue de chacun est scrupuleusement appliquée. Très vite, dans ce contexte propice à l'efficacité, les premiers résultats apparaissent, rapidement validés par l'ensemble des scientifiques présents. Ils sont clairement énoncés par leur porte-parole.

— Samale a pris le dessus sur la puce, son cerveau a acquis la faculté d'imposer à la programmation de l'ordinateur central ses propres images, sa propre vision des choses, sa volonté. Pour cela, c'est d'abord sa confiance en elle-même qui a joué, lui permettant dès le démarrage des tests de ne pas être emportée par le flot plaisant et tentant des informations de l'ordinateur. Ensuite, elle a maintenu cette résistance autant qu'elle le pouvait, et ce sont seulement le temps et la fatigue qui auraient pu la faire céder. Puis Georgia est arrivée, réclamée par Samale elle-même, et c'est là que tout a définitivement basculé.

Les scientifiques établissent clairement et sans le moindre doute que le contact physique entre les deux femmes est à l'origine du succès définitif de l'expérience. Il s'est produit lors de ces échanges tactiles un phénomène a priori incroyable, mais que certains spécialistes présents disent avoir déjà pu aborder tout récemment lors de leurs multiples stages et missions d'études de par le monde. La théorie, dont le bien-fondé est reconnu par les plus éminents chercheurs, est expliquée par l'un d'entre eux, présent ce jour-là :

— Nous avons pu définir de façon certaine que le contact physique entre deux personnes dans certaines circonstances et sous certaines conditions, déclenche un échange réel des flux de toute nature circulant dans les corps. C'est un phénomène observé très récemment, nouveau ou inconnu jusqu'à présent. Cela signifie que l'une ou l'autre des personnes n'a pas seulement l'impression de ressentir ces échanges, ils existent vraiment.

— Vous voulez dire, reprend Chris perplexe, que lorsque Georgia dit avoir senti dans sa bouche couler l'eau que buvait Samale au même moment, elle a réellement bu elle aussi ?

— Exactement. Ce sont des expériences que nous avons conduites sur des personnes amenées à se soutenir sur un point de difficulté qui leur tient à cœur, et sur lequel elles savent qu'elles peuvent obtenir de l'autre le soutien dont elles ont besoin. Ce phénomène incroyable a pu être observé totalement par hasard et toujours lorsque les personnes étaient dans des situations extrêmes. Nous avons eu le cas d'une personne au bord de l'épuisement pour avoir passé plusieurs jours bloquée sous de lourds gravats après un éboulement, et qui malgré sa puce en fonctionnement, se trouvait après un tel choc en situation de désespoir et de souffrance physique très avancée. Lorsque les secours l'ont trouvée, il y avait parmi eux le frère de cette personne qui s'était joint comme volontaire pour les recherches. Au moment où celui-ci l'a touchée, chose rare sous la Norme mais qui vu les circonstances était un geste spontané et évident, il a dit avoir ressenti l'épuisement et la souffrance précisément aux endroits où sa sœur était blessée. Il a dû lui-même être pris en charge et ensuite soigné comme elle aux mêmes endroits. De son côté, elle a affirmé que le contact de son frère lui avait apporté instantanément de la vigueur et le soulagement partiel de ses souffrances physiques. Comme si son frère avait pris une part de ces souffrances en lui. On a d'abord traduit cela en un phénomène purement psychologique entre deux personnes proches, mais lorsqu'on a constaté la réalité des blessures sur le corps de l'homme, les analyses ont été réorientées et il a fallu se rendre à l'évidence. Ces deux personnes, dans une situation difficile, sont rentrées en relation physique jusqu'à un niveau d'échange insoupçonnable jusqu'alors. On a cherché dans toutes les archives médicales connues, et on n'a pas retrouvé de cas similaire dans l'histoire de l'humanité avant ces derniers temps.

— Il est très facile de vérifier cela dans le cas présent, ajoute un autre scientifique. Nous allons procéder à une analyse qui nous dira si Georgia a absorbé réellement de l'eau à l'heure que vous nous avez indiquée. Georgia, avez-vous absorbé du liquide depuis lors ?

— Oui, effectivement, nous nous sommes restaurées tout à l'heure, mais je n'ai pas pris d'eau, j'ai pris du jus de fruits.

— Alors ce sera facile de savoir si vous avez effectivement reçu l'eau bue par Samale ce matin ou pas.

Georgia rejoint ainsi Samale au cœur de l'expérience. Georgia qui porte la puce comme tous les Anciens, mais une puce qui n'a jamais été activée, Samale dont la puce a été réactivée.

Les analyses montrent rapidement que les scientifiques et les deux femmes avaient raison : on retrouve effectivement de l'eau dans l'estomac de Georgia, qui ne peut avoir été ingérée qu'à l'heure de l' « incident ». Ce constat ouvre l'expérience à une toute autre dimension, que chacun ne peut que reconnaître.

Samale est sauvée, la puce peut rester activée, ce qui l'immunise contre les dysfonctionnements, sans que cela affecte son contrôle total d'elle-même. Il reste donc à établir si le contrôle qu'elle a réussi à établir sur la puce est définitif, et si son cas est particulier ou si le protocole général de cette prise de contrôle peut être diffusé dans tous les centres médicaux et appliqué en masse auprès de la population dans les meilleurs délais. Les enfants porteurs de puce seront « traités » en premier, puis les plus jeunes aux plus vieux. Le protocole devra être simple pour que chacun puisse se prendre en charge lui-même, avec seulement une assistance si nécessaire. Une année ou deux devraient suffire pour traiter la totalité de la population concernée.

En parallèle, il faut conduire des recherches sur la question inattendue des échanges de flux entre personnes en contact physique et dans des situations d'urgence. Si l'on parvient à avancer sur ce sujet aussi, cela peut même accélérer les résultats de un an à huit ou dix mois. Et surtout, cela pourrait ouvrir la voie à des progrès phénoménaux pour la science et la médecine.

Une nouvelle équipe est constituée pour cette question cruciale, dans laquelle le vieux professeur, ami de Loïs, est désigné comme chef du projet et porte-parole.

Samale et nous tous, ses proches, souhaitons à présent rentrer chez nous et retrouver nos enfants et nos familles pour un moment. Nous resterons bien sûr en contact étroit avec le professeur dont nous connaissons la totale loyauté pour Loïs, et exprimons notre souhait de participer activement à ces nouvelles expériences après quelques jours de repos.

Lorsque nous arrivons au village, de mauvaises nouvelles nous attendent. Plusieurs cas de dysfonctionnement de la puce ont été relevés dans la communauté environnante à notre lieu de résidence, et les personnes touchées montrent des signes très inquiétants de fatigue, d'absences mutiques, de problèmes de mémoire. Elles oublient des périodes de leur vie, semblent ne plus distinguer la réalité de ce qui est du domaine de l'imaginaire... Ces personnes sont prises en charge sans délai, car l'évolution des troubles peut être rapide et il faut protéger la communauté des risques potentiels.

Voyant cela, Samale, Georgia, Loïs, Chris et moi décidons, après deux journées passées auprès de nos enfants et familles, de poursuivre les recherches en restant en contact à distance avec l'équipe du professeur installée en ville dans les locaux techniques. Samale, qui se sent parfaitement en forme, veut revenir sur l'expérience vécue avec Georgia. Ce qu'elle a ressenti, elle, était vraiment proche de situations qu'elle avait rêvées ces dernières années, et en particulier lorsqu'elle sortait de la Norme. Et tout récemment encore, alors qu'elle était dans sa chambre au démarrage de l'expérience, elle se souvient que Georgia avait fait un rêve étrange dans lequel les organes de différentes personnes pouvaient se relier entre eux … !

Pouvoir entrer ainsi en osmose réelle avec une autre personne, et échanger physiquement des flux, des sensations, voire des idées ou réflexions, tout cela lui semblait par intuition possible.

Ce qui nous intrigue tous, c'est le lien entre la puce et ce phénomène surnaturel. Il semblerait que ce soit le fait de porter la puce qui permette ces échanges entre les corps. Les analyses montreront si cette hypothèse est validée.

Pour la première fois depuis longtemps, Samale se sent plus proche et plus compréhensive avec les scientifiques, chimistes et chercheurs qu'elle ne l'a jamais été. Elle ne saurait l'expliquer mais les découvertes fortuites des dernières heures ne lui font pas peur, et lui donnent même beaucoup d'espoir. Après en avoir tant voulu aux scientifiques pour avoir « volé l'esprit de l'humanité » avec une simple puce…

Elle en discute avec Loïs, qui lui aussi exprime une solidarité mesurée avec les chercheurs. Cependant, la vision des choses chez ce dernier se lie à d'autres forces qui ont toujours été présentes dans ses réflexions et dans ses projets : l'univers, les planètes, les forces cosmiques ne peuvent pas être étrangères à tout cela selon lui. Il a l'intention d'apporter sa participation dans ce sens et Samale ne peut que l'approuver, d'autant plus qu'elle sait qu'ils ne seront pas seuls : le vieux professeur à présent responsable du projet et qui a tant partagé avec Loïs tout au long de leurs recherches, sera à ses côtés.

Après quelques jours de repos, une nouvelle rencontre se profile, qui réunira à nouveau tous les participants. Cette fois-ci, toute la communauté des Hors-Norme sera tenue au courant de chaque étape et progrès dans l'étude.

Des groupes de travail sont constitués, tous rassemblés sous la coupe du vieux professeur, qui devront, chacun dans leur domaine, étudier le phénomène sous l'angle qu'ils défendent. L'objectif est de définir la relation entre la puce et les échanges de flux par simple contact physique. Une centaine de groupes sont définis après plusieurs jours de débats, car de nombreuses personnes se portent volontaires et arrivent avec persuasion à convaincre la communauté des Hors-Norme et celle des scientifiques du bien-fondé de leur axe d'approche. Ainsi aucune piste ne sera négligée, aucun axe ne sera relégué au second plan.

Loïs conduira la piste de l'influence des planètes et travaillera avec son groupe –dont Samale et Georgia feront partie- dans son petit atelier-laboratoire en ville, dans l'ancienne maison de famille. Le mari de Samale dirigera celui de l'influence de la musique, moi celui des mathématiques pures, Chris celui des origines génétiques… En tout cent groupes, cent axes d'études.

Pour chaque groupe et chaque thème, les objectifs de recherche ont été clairement énoncés et le planning de travail également, car le temps est compté et il sera uniquement appliqué la méthode empirique. On précise une théorie dans sa spécialité et en lien avec un premier objectif, on applique une ou plusieurs expériences pratiques, on conclut. Et ainsi de suite avec chaque objectif et pour chaque groupe de travail.

Samale et Georgia, dans le groupe de Loïs, sont toujours volontaires pour les expériences pratiques. Ayant déjà vécu ensemble et avec bonheur des phénomènes riches, elles espèrent pouvoir en développer le champ d'étude au plus loin de l'acceptable. C'est ainsi qu'au fil des heures, à plusieurs reprises, les deux femmes vivent plusieurs fois l'expérience de se trouver physiquement reliées tant au niveau des organes que, progressivement, au niveau de leurs esprits. Elles partagent la douleur, le bien-être, la nourriture, l'une au travers de l'autre. Dans les autres groupes, elles ne le savent pas encore, les expériences ont mené des porteurs de puces à des expériences similaires, et la théorie de la relation directe

191

entre l'action de la puce et les échanges physiques en osmose est définitivement validée.

— Georgia, je suis si heureuse de te connaître enfin, après tant d'épreuves, répète Samale, manifestant ainsi combien elle est touchée de leur nouvelle proximité.

A la fin de la durée prévue pour la période de tests, tous les groupes se sont réunis pour se féliciter des résultats obtenus. Scientifiques et autres communautés se retrouvent ensemble et pour la première fois depuis longtemps, se congratulent, louant l'efficacité avec laquelle les tests ont été menés. Les travaux de Loïs ont été très utiles au cours de cette étude, car il est effectivement démontré que le mécanisme de déclenchement de l'osmose n'existe certes que grâce à la présence de la puce, mais avec l'aide indispensable de l'influence des planètes environnantes. Celles-ci apportent dans la réalisation du mécanisme la force et les champs magnétiques nécessaires à l'énergie produite par chacune des deux personnes au moment des échanges.

On a établi également que la musique, les sons d'instruments divers, peuvent accélérer le processus car ils produisent des ondes favorables au rapprochement des personnes par un sentiment de communion autour de la beauté universelle des sons.

La génétique n'est pas en reste, car comme dans le cas de Samale et Georgia, des personnes de la même famille sont plus rapidement en contact que d'autres. Toutefois, ceux qui parviennent à rentrer en osmose avec des personnes très éloignées de leur famille, voire d'origine lointaine géographiquement, ont pu obtenir des résultats époustouflants : les différences génétiques se complètent et se compensent ! Une personne qui bénéficie d'une peau plus résistante au soleil et aux agressions et maladies par exemple, pourrait transmettre ainsi une partie de ces vertus naturelles à une autre personne qui souffre de fragilité de la peau.

Dans d'autres groupes, ce sont d'autres théories liées à d'autres thématiques qui ont pu être validées : notamment, végétaux et animaux pourraient eux aussi entrer dans une certaine mesure dans la pratique de ce processus d'échanges.

La complicité entre les binômes porteurs de puce, qui ont pu échanger tant et aussi loin d'eux-mêmes, n'est plus seulement celle de deux êtres humains ordinaires, car ils ressentent à présent leur appartenance à un seul et même ensemble de l'univers. La puce agit entre deux personnes, ou même plus dans certaines conditions, à partir du moment où ces personnes sont porteuses, et que l'une d'entre elles au moins est activée. Si ensuite elles ont la volonté forte d'entrer en contact, et qu'elles se touchent à n'importe quel niveau du corps, la puce, dont les personnes activées ont réussi à forcer le contrôle malgré le programme initial de l'ordinateur, agit comme un catalyseur. Elle répond à la demande des sujets qui diffusent chacun dans l'autre le souhait de prendre dans leur corps le corps de l'autre. Les flux liquides, solides, mais aussi la douleur, les sensations, les émotions, circulent de l'une à l'autre grâce à la puce et à son pouvoir magnétique.

Le phénomène avait pu être observé dans des situations extrêmes car sous la Norme, c'étaient les seules situations dans lesquelles quelqu'un pouvait prendre le dessus sur la puce. Samale était dans ce cas lorsqu'elle a vécu le choc de la photographie de Georgia, mais elle n'avait pas encore le contrôle total lorsqu'elle a expérimenté le contact physique avec son fils et avec Loïs dans les locaux de l'administration. Sous la Norme, personne ne se touchait ou presque et on n'a donc pas pu constater de cas. Seuls les nouveau-nés étaient en contact avec leur mère, mais le bébé de moins de dix mois ne portait pas encore la puce.

A présent, forts de tous les éléments qui ont été démontrés, nous devons faire vite. Toutes les communautés se mobilisent pour diffuser en masse les nouvelles découvertes et accélérer ainsi le traitement préventif et curatif des dysfonctionnements de la puce. Il n'est plus question de la retirer ni de la désactiver, au contraire, et le partage de la connaissance de tous les phénomènes observés est la règle de mise. La solidarité générale s'en trouve encore renforcée.

La mise en place et l'organisation des centres d'accueil pour l'ensemble de la population occupent presque la totalité du temps de chacun pendant environ deux semaines. A partir de là, l'avancée du projet dépasse toutes les espérances, et après cinq mois nous atteignons la fin de la réalisation. Cela signifie que chaque personne équipée d'une puce est capable de la contrôler, et de l'utiliser pour entrer en osmose avec un autre porteur.

Tous les domaines du possible s'ouvrent alors : on imagine toutes sortes d'application dans la médecine, dans l'apprentissage, dans la sexualité, dans la nourriture et tous les besoins physiologiques…

En particulier, c'est le rapport de la femme au bébé durant la grossesse qui attise la curiosité dans le cadre de cette osmose totale non seulement du corps mais aussi de l'esprit, ainsi que le traitement de maladies graves, et enfin les échanges envisagés avec les plantes, et avec les animaux. Là encore, se sentant tirés d'affaire et à présent en confiance avec les scientifiques et chercheurs, les volontaires ne manquent pas pour faire toutes les expériences nécessaires à ces découvertes fondamentales et à leurs bienfaits inespérés.

Le temps est loin à présent où l'on se sentait trahis et sacrifiés par les communautés scientifiques. Dans chaque esprit, chaque corps, on ressent au contraire de l'espoir et de la gratitude pour l'autre, de quelque communauté qu'il soit. La théorie de l'Osmose, comme elle a été baptisée, à l'opposé de la Norme, leur permet d'envisager l'avenir sous l'angle de la plus haute bienveillance envers l'humanité. L'Osmose, c'est par définition le mélange au plus profond de l'autre qui est acquis pour chaque être vivant. L'osmose utilise la même puce que la Norme, pour une finalité radicalement opposée.

Samale découvre le plaisir d'être plus proche encore de Loïs, plus proche de son premier fils –son second fils sera équipé lui aussi à leur demande-, plus proche de Georgia et des autres membres de sa famille, plus proche de moi. Tout cela grâce à l'invention miraculeuse de scientifiques géniaux, et…chanceux.

Un matin, alors qu'elle se trouve tranquillement installée dans une chaise longue sur la terrasse de leur maison de bois, Georgia vient s'asseoir près d'elle.

— Tout va bien, Samale ? Les enfants se portent bien ?

— A merveille. Je pense que dès que mon petit sera équipé de sa puce, cela ira encore mieux. Et toi, chère Georgia ?

— Cela va parfaitement, maintenant.

— Comment cela, maintenant, tu veux dire que ça n'allait pas ?

— C'est-à-dire… je ne t'avais pas mise au courant parce que je ne voulais pas que tu te fasses du souci, mais je viens de terminer une série de séances d'osmose avec mon mari, destinées à traiter une grave maladie.

— Comment ? Toi, malade ? Mais de quoi s'agit-il ? Pourquoi n'en ai-je rien su ?

— Je te l'ai dit, ce n'était pas le moment de t'en parler. J'ai eu connaissance de cette maladie alors que ton ami Chris venait de nous apprendre la mauvaise nouvelle concernant les dysfonctionnements de la puce. Il n'était pas question de nous détourner de notre objectif. Seul mon mari était au courant.

— Mais que s'est-il passé, Georgia ? Explique-moi !

— J'avais des vertiges, des maux de tête. Je suis allée voir mon médecin qui a diagnostiqué une maladie assez rare mais dont certains Anciens qui ont vécu dans des Centres ont été affectés ces derniers temps. Finalement, cette maladie s'est révélée toucher la moelle épinière, et il fallait donc prévoir une intervention délicate. Mais comme je te l'ai dit, j'ai indiqué au médecin qu'il était hors de question de procéder à cette opération tant que nous n'avions pas avancé sur la question de la puce. J'ai prévenu mon mari, qui a bien compris mon point de vue.

— Mais tu pouvais quand même nous en parler si cela mettait ta vie en péril, Georgia ! Nous aurions pu t'aider.

— C'est le destin qui m'a aidée. Tu te souviens lorsque nous avons eu cette expérience avec le verre d'eau ?

— Bien sûr.

— Si tu te rappelles bien, tu as expliqué que tu avais eu un peu mal à la tête à un moment quand tu as bu l'eau alors que nous nous tenions la main. Puis c'est passé et tu t'es sentie rapidement mieux.

— Oui, effectivement, ce moment était assez fugace, mais je m'en souviens. Et alors ?

— Eh bien, ce moment m'a permis à moi de me sentir beaucoup mieux. A ce moment-là, j'étais pourtant affaiblie par ma maladie, mais je voulais tant t'aider à réussir les tests que j'en oubliais momentanément ma douleur. Jusqu'au moment précis où tu as pris une partie de cette douleur, et la mienne s'en est trouvée largement diminuée. Je l'ai compris après coup, car sur le moment, j'avais tellement soif que c'est l'eau qui me donnait la plus grande satisfaction et a produit sur moi un soulagement instantané.

— Tu veux dire que je t'ai soulagé en prenant une partie de ta douleur à ce moment-là ? Mais ensuite ?

— Ensuite, et bien comme je te l'ai dit, j'ai pu comprendre ce qui s'était passé quand les scientifiques ont mis à jour la théorie de l'osmose. J'ai tout de suite pensé que tu avais, sans le savoir, contribué à mon mieux-être, mais il me fallait encore le vérifier. C'est ce que j'ai fait avec l'aide de mon médecin habituel, …et de mon mari.

— Ton mari ?

— Oui, il a été le deuxième élément de l'expérience. C'est avec lui que j'ai eu les plus beaux échanges d'osmose et je suis à présent guérie. Nous avons fait plusieurs séances, pendant lesquelles il prenait à chaque fois un peu de ma maladie ; suffisamment pour me soulager, et dans la limite de ce que son propre corps pouvait combattre et vaincre jusqu'à la séance suivante. Et ainsi de suite jusqu'à ce que la maladie soit complètement sortie de mon corps. En même temps, je prenais entre chaque séance un traitement à base de plantes, non pas par ingestion ni autre mode d'administration classique, mais par osmose également ! Les plantes m'entouraient, plantées en pots, et je les touchais pour prendre de leur force et leur pouvoir thérapeutique. Sais-tu que pendant tout ce temps, le tableau était près de moi, et que je le regardais tout le temps pour me donner du courage ? Tu as dis toi-même que c'était le symbole de notre liberté, et il nous lie aussi toutes les deux, n'est-ce-pas ? Ce tableau également restera pour nous un élément d'optimisation de l'osmose.

Ce fut une expérience extraordinaire, où je me suis sentie portée par toute la vie qui m'entourait, comme protégée par la bienveillance de tous ces êtres. Une indescriptible conscience de moi-même et de chaque cellule de mon corps. Je voulais te raconter tout cela plus tôt mais mon mari m'en a dissuadée. Comme nous avions des tests sur l'osmose à faire toi et moi pour la communauté, il pensait que tu devais rester entièrement disponible pour cela.

— Chère Georgia, je comprends, et ton mari et toi êtes si précieux pour nous tous. Mais j'apprends que tu es guérie, alors que je ne savais même pas que tu étais malade, et j'ai l'impression d'avoir manqué à mon devoir de soutien pour toi.

— Samale, n'oublie pas qu'un mari est là aussi pour ça ! répond Georgia en riant. Voyons, tout va bien et c'est le principal. D'autant plus que cette seconde expérience nous prouve que bien des maladies pourront être soignées grâce à l'osmose. C'est merveilleux !

Samale et Georgia se prennent alors la main pour partager au plus loin d'elles-mêmes encore une fois ce qui les lie avec tant de pureté.

Lorsque Samale rejoint Loïs, elle lui raconte l'aventure de Georgia et il ne peut qu'être admiratif à la fois de l'aïeule de sa femme, et de la portée incroyable et inattendue des découvertes liées à la puce.

Il est en train de préparer une surprise pour sa femme, et se donne quelques jours pour peaufiner ce qu'il espère être une expérience unique dans leur intimité.

Les exemples d'utilisation de l'osmose à des fins thérapeutiques dans les différentes communautés se multiplient, et elles sont scrupuleusement consignées dans un registre, comme il a été proposé par les scientifiques. Ce registre informatique, accessible à tous, permet en temps réel de se rendre compte des possibilités dans tous les domaines, et d'envisager des applications quotidiennes de tous ordres. La vie s'en trouve plus confortable, plus intéressante, et surtout prend une dimension supérieure que chacun peut estimer au fur et à mesure de sa propre évolution. Une vie fondée sur le besoin de l'autre qu'il soit humain, végétal ou animal. Si le respect des hommes pour ce que la terre porte d'êtres vivants restait encore à consolider, cela se fait naturellement par l'intégration de l'osmose dans la vie de tous les jours. Ironie du hasard : c'est cette puce tant haïe pour leur avoir tant pris, qui offre à présent aux hommes plus qu'ils n'ont jamais reçu.

Tous les non porteurs vont donc être équipés, et toutes les personnes qui n'avaient pas choisi d'être désactivées sont simplement éduquées au contrôle de la puce par leur cerveau. Pour celles-ci, qui ne sont pas passées par la période Hors-Norme, l'évolution est particulièrement significative car elles découvrent, en même temps que ce que leur révèlent tous leurs sens, l'étendue immense des sensations de l'osmose. C'est une période de révélations, de rapprochements, d'espoir. On ressent un radoucissement général en même temps que le soulagement, la réunion. Je dois dire que c'est la période la plus agréable que j'ai eue à vivre depuis longtemps.

Loïs annonce à Samale qu'une surprise l'attend. Il souhaite que tous deux partent pendant deux jours en ville, sans lui dire où ni pourquoi. Ils laissent donc les enfants à leurs familles et prennent le train du soir, se tenant par la main comme deux adolescents, laissant l'attraction naturelle qu'ils ressentent les porter l'un vers l'autre.

Samale est curieuse de savoir ce qu'il veut lui montrer, mais Loïs ne veut rien dire. Lorsqu'ils arrivent en ville, il la conduit à l'ancienne maison de sa famille, et jusqu'à la porte de son laboratoire, où ils ont récemment passé plusieurs jours pour les tests qui leurs étaient confiés.

— Tu m'emmènes dans ton laboratoire, Loïs ? Tu veux me faire travailler ? Tu as découvert quelque chose ?

— Chuut, ma chérie, répond Loïs alors que la musique se met en marche au passage de la porte. A partir de maintenant, on ne parle plus, on s'allonge ici sur ce petit matelas par terre, et on regarde l'univers…

Samale fait ce que lui demande Loïs. Ils s'allongent côte à côte sur un matelas juste assez large pour deux, et placé de telle sorte que les images de planètes, de galaxies, de comètes et autres étoiles les entourent et occupent tout leur champ de vision, sur un fond musical doux et mélodique choisi par Loïs.

Couchés par terre, ils regardent ce ciel factice mais si attirant, et ne voient ainsi que l'essentiel : l'univers, leur univers, l'infiniment grand qui aujourd'hui dans le contexte des nouvelles ressources que leur offre l'osmose, leur paraît plus accessible que jamais.

Au bout de quelques minutes, qu'ils ferment les yeux ou qu'ils les ouvrent, ils ont l'impression d'avoir le même décor éternel et universel autour d'eux, car ils ont enregistré ce décor dans leur mémoire. Ils se laissent envahir par les planètes et par les sons de la musique, par leur texture, leur matière, leurs vibrations, par leur énergie bienveillante. Leurs doigts leur semblent plus sensibles au toucher du tissu du matelas, les notes de musique ont une épaisseur, comme une densité qui pénètre d'abord dans leur esprit, puis envahit leur corps en prenant peu à peu une place dans chacune de leurs cellules. C'est une impression physique très forte d'intégration des sons et des images dans leur propre être. Ils ont l'impression de respirer la présence de l'univers, de l'absorber et de sentir dans leur sang et tous les liquides de leur corps couler cette présence presque palpable. Tellement présente qu'ils pourraient en décrire millimètre par millimètre la progression lente dans leurs veines et vaisseaux. Leurs battements de cœur se calent sur le rythme lent de la musique et suivent la mélodie, leur respiration se module sur le souffle des instruments qui semblent la porter. Ils goûtent sur leur langue l'amertume, la douceur, l'acidité, le parfum qui se dégage des étoiles lorsqu'on les effleure de si près qu'une partie de nous-même pourrait y rester gravée. Samale est plongée dans les sensations de ses rêves d'enfant, lorsqu'elle volait si près des planètes qu'elle pouvait les toucher du bout des doigts. Elle les touche vraiment, elle les ressent en elle. Loïs aussi se sent faire partie de chaque atome de l'univers, lui qui a tant étudié les astres et leurs interactions avec l'homme. Son esprit n'est plus qu'un vaste espace étoilé parfaitement intégré dans le cosmos, et qui se nourrit de sa richesse et de sa force.

Dans ce contexte hors du temps, tout doucement, leurs corps se sont approchés pour grignoter les quelques millimètres qui les séparaient sur le matelas. A présent, depuis l'épaule jusqu'au bout du pied, ils se frôlent très légèrement. Cette subtile connexion, à un point si intense de la conscience physique de soi, déclenche une ouverture favorable à l'osmose, qui instantanément relie les deux êtres au niveau de chaque cellule et permet aux flux et forces présentes de circuler entre eux. Ils reçoivent chacun le sang, la lymphe, l'eau de l'autre. Ils reçoivent l'énergie, le magnétisme de l'univers.

Ils se rejoignent entièrement.

Après cette étreinte inoubliable, Loïs déplace doucement son bras, qui était à présent enroulé autour de la taille de Samale, pour saisir quelque chose de posé au sol, derrière un meuble. Quelque chose de grand et plat, qu'il fait glisser doucement jusque devant eux, et qu'il appuie contre une étagère pour que l'objet tienne debout face à eux. Cet objet, c'est le tableau de Georgia, peint par son mari.

— Samale, regarde bien le tableau, que vois-tu ?

Elle se concentre sur ce tableau qu'elle a tant de fois fixé, dans lequel elle a si souvent puisé sa force. Il lui semble encore plus beau que d'habitude, encore plus grand, encore plus présent.

— J'ai l'impression que Georgia est là avec nous, dit-elle. Qu'elle pourrait nous parler. Pourtant ce n'est pas la Georgia que l'on connaît, c'est la Georgia d'avant la Norme, n'est-ce pas ? Attends, lorsque je regarde mieux, je vois Georgia après la mutation ! On dirait que les deux images de mon aïeule se confondent en une ! On dirait que je peux voir deux images en une ! Qu'elle est belle ! On pourrait la rejoindre dans ce tableau, tellement elle y est vivante, tu ne trouves pas ? Je n'avais jamais ressenti cette impression avant.
— C'est exactement cela, Samale. C'est toute la volonté de son mari artiste que tu saisis à cet instant. Pourquoi penses-tu qu'il a peint ce tableau à l'époque ? demande encore Loïs.

— Pour garder le souvenir de sa femme, alors qu'il pressentait que quelque chose de terrible allait arriver. Pour qu'elle existe pour toujours, telle que la Nature l'avait créée, pour qu'elle nous accompagne comme témoin de notre évolution quoi qu'il arrive ? C'est étrange, je remarque aujourd'hui des tas de détails que je n'avais jamais perçus dans cette toile. C'est incroyable, l'attitude, l'expression du visage, la profondeur du regard, me semblent changés.

— Exactement. Le mari de Georgia a exercé ici son art alors qu'il était dans un état d'esprit particulier, transporté par des forces qui le dépassaient mais qu'il a su utiliser pour créer son œuvre. Ce tableau a été réalisé avec toute l'énergie que peut transmettre l'univers à l'artiste, sans que lui-même s'en rende compte. Mais aujourd'hui, grâce à la puce, nous sommes capables de capter cette énergie et de saisir en regardant le tableau tout ce que le peintre a voulu y mettre. Il a peint ce tableau pour nous, Samale, pour qu'il nous serve de soutien, pour que la bienveillance de Georgia nous accompagne toujours, et même pour qu'elle s'adapte à la situation et à nos besoins. Le tableau change selon l'état d'esprit dans lequel on le regarde car il contient tous les liens que le mari de Georgia a pu créer avec l'univers et les planètes au moment où il l'a peint. On peut y voir la plénitude, la réponse à nos questions, la ligne à suivre, mais aussi la puissance combative, la détermination... Ce n'est pas une simple image de couleurs, c'est une création dans laquelle on retrouve la force des planètes et leurs interactions avec lui. Ce tableau a un pouvoir immense sur les êtres pour qui il a été fait. C'est l'aboutissement de toutes mes recherches, Samale.

Et je dois reconnaître que c'est grâce à la puce que j'ai pu achever cette recherche.

— Je comprends, Loïs, et je ressens tout cela. Grâce à l'aide de la puce, nous parvenons à transcender notre condition d'être humain déraciné, à nous relier physiquement à la vie qui nous entoure, à la terre qui nous nourrit de sa réalité, et à atteindre … l'origine de la création ?

— C'est bien cela que j'éprouve aussi, Samale. L'univers nous a donné ce soir un peu de sa force de création, comme elle l'a fait pour le mari de Georgia lorsqu'il a peint ce tableau. Il s'est créé lui-même grâce à une force unique et colossale, il en redonne une partie infime à chaque être vivant qu'il porte en lui, pour peu que celui-ci veuille recevoir et accepter cette énergie. C'est cela le secret de la puissance du cosmos. C'est l'aboutissement de mes recherches.

De ce moment d'intimité intense, ils ont créé ensemble le plus beau. Samale attend son troisième enfant, création sublime.

Grâce à l'osmose, elle vit cette grossesse, tout comme de nombreuses autres mères à ce moment-là, dans un état de sensualité extrême. Loïs n'est pas en reste puisqu'il suffit qu'il tienne sa main pour ressentir tout ce qu'elle ressent, ce qui pour un homme est à la fois une découverte et un bouleversement de taille. De moins en moins, ils ont besoin de parler pour communiquer. La parole se trouve fréquemment remplacée par la fusion ressentie en osmose.

Dans la vie quotidienne également, la façon d'aborder quelque activité que ce soit se trouve influencée par l'osmose. Que ce soit les rapports humains, les échanges avec la nature et les animaux, mais aussi toutes les activités manuelles ou intellectuelles, l'osmose devient un mode de fonctionnement généralisé. Pourquoi se contenter d'échanges superficiels lorsqu'on peut avoir beaucoup plus ? Moi-même, qui étais si attaché à ma logique mathématique, je me prends à penser que tout n'est pas calculable, que les parts d'inconscient, d'intuitif, de sensoriel, peuvent être autant d'infinies variations de ma réflexion pour autant que je veuille m'y ouvrir.

Bien sûr, la puce reste un élément étranger dans le fonctionnement naturel, mais certains groupes de chercheurs, dont celui du vieux professeur ami de Loïs, ont bon espoir de réussir à se passer de cet artifice. Ils estiment que plusieurs dizaines d'années de recherches seront nécessaires mais qu'un jour, on saura naturellement atteindre l'osmose sans avoir besoin de porter la puce. Ce seront sans doute les futures générations qui seront dès leur naissance initiées à l'osmose, sans que la puce leur soit jamais nécessaire.

A présent, il y a tant à faire pour réorganiser toute la société dans laquelle nous vivons : décider tous ensemble, trouver les nouvelles règles, s'épanouir dans l'osmose. La Vie à réinventer.

— Loïs, je voudrais que nous nous mariions, annonce Samale alors qu'elle est enceinte de six mois.

En effet, elle avait été mariée une première fois sous la Norme, puis elle et son mari avaient été séparés par l'évidence de sa rencontre avec Loïs. Son ex-mari avait maintenant fondé une nouvelle famille de son côté. Depuis, les évènements qui se sont enchaînés n'ont pas permis à Samale et Loïs de célébrer leur union de façon festive, avec tous ceux qui leur sont attachés.

Je me réjouis de cette nouvelle car je sais que Samale envisage ce mariage comme un symbole très fort : celui d'une renaissance accomplie, par laquelle nous allons tous retrouver notre véritable identité, notre être profond. Nous avons traversé ensemble des épreuves et des choix difficiles, j'ai plusieurs fois douté de notre capacité à nous en sortir, mais c'est la détermination de ma sœur tout au long de cette histoire qui m'a fait me dépasser. Une détermination naïve, instinctive, mais inaltérable.

La fête est organisée en secret, avec ma complicité, celle de Chris, Georgia, du vieux professeur, et aussi de l'ex-mari de Samale. Bien entendu, elle ne ressemblera en rien à leur premier mariage, témoin d'une époque révolue. Non pas qu'ils renient leur vie sous la Norme, mais Samale et Loïs veulent un mariage qui leur ressemble à présent, qui ressemble à leurs nouvelles aspirations, à celles de toute la communauté. Ce sera la nuit, une nuit où le ciel est bien dégagé et où l'on peut admirer les étoiles, les planètes, la lune pleine… Ce sera dans une clairière, au milieu d'une forêt pour être au plus près des arbres, de la végétation, et des animaux qui y vivent. Le décor sera entièrement naturel, et nous installerons seulement des dizaines de tables, de bancs, de matelas de paille pour s'allonger et observer le ciel. Il y aura une quantité de musiciens avec leurs instruments les plus variés, et de la musique sera jouée toute la nuit. L'endroit sera éclairé de milliers de bougies et viendront tous ceux qui le souhaitent, avec le plus d'enfants possible. Nous mangerons des plats que nous aurons préparés tous ensemble avec la plus grande diversité de légumes, fruits, poissons, céréales, préparations sucrées, salées, amères, acides... Ce sera un hymne à la liberté, à la diversité, à l'unisson autour de la Vie. Il n'y aura pas de photographie, pas de dessin, pas de peinture pour immortaliser cet évènement. Il n'y aura que les sensations de l'instant, marquées dans nos esprits et dans nos corps, pour toujours.

C'est couchée par terre que je regarde le ciel,

Car couchée par terre, je ne vois que l'essentiel

ISBN de la version imprimée : 9782954613116

Dépôt légal août 2013

www.ingramcontent.com/pod-product-compliance
Lightning Source LLC
Chambersburg PA
CBHW060436180626
46817CB00007B/2841